KB066254

슈뢰딩거의 아이들

슈뢰딩거의 아이들

최의택 장편소설

아작

차례

프롤로그 7

1부 * 학당에는 유령이 있대요

1 홍문관에 있는 무엇 21

2 소설과 비소설 서가 경계에서 33

3 인던 속 인던 44

4 입학식의 랑데부 56

5 비스마트 안경을 쓴 아이 66

2부 * 동아리 활동은 재밌어, 정말

6 시동이라고 불러주세요 83

7 파격 승진 100

8 태생적 오류 110

9 지난 여름에 있었던 일 120

10 그림으로 전하는 129

3부 * 일탈이 꼭 나쁜 것만은 아니니까

11 간악한 계략 143

12 다음의 각도를 측정하시오(4.5) 154

13 플라스틱 판타스틱 오케스트라 165

14 자기아즘 해킹하기 175

15 #학당에서_출재됐다 184

4부 * 지옥에서 살아남기

16 상황을 동기화 중입니다 199

17 제2동아리방으로 211

18 echo "지금, 여기, 우리" 224

19 다섯 명의 히로빈 236

에필로그 247

◇ 작품 해설 259

◇ 작가의 말 265

프롤로그

광장 어디에서든 그 위용을 알아볼 수 있는 이순신 장군의 보호 아래, 광화문 광장은 언제나 그렇듯 활력이 넘친다. 광장 한쪽에서 빌려주는 증강현실용 특수 고글을 착용하는 동시에 또 다른 세상이 펼쳐지고, 때마침 하늘에 빛이 수를 놓듯 22시 정각을 알린다. 반사적으로 고개를 쳐든 나는 숫자 22 다음으로 수놓이는 문장을 소리 죽여 읽는다.

'지금, 여기, 우리.'

광화문 광장의 증강현실 장치를 활용한 혼합현실 게임 〈수인과 정령〉이 시작되었음을 알리는 빛의 폭죽이 터지고 나자 해가 뜨기 직전의 새벽처럼 가상의 어스름이 시야를 앗아가고, 그와 동시에 보이지 않는 손이 마스터 볼륨을

줄이기라도 하듯 광장 전체가 정적에 잠긴다.

나는 약속 장소인 카페로 들어가면서 엉뚱하게도 이런 생각을 한다. 소란스러워. 광장과는 대비되는 카페의 빛과 소리 때문일까. 카페 창가에 자리를 잡고 앉아 창밖으로 광장이 다시 환하게 살아나는 모습을 보며 또 한 번 생각한다. 소란스러워. 나쁘기만 한 기분은 아니어서 창문에서 눈을 떼지 못한다. 이번 달에도 마지막 소수자, 최후의 승자는 나올 것이다. 과연 그는 목격하게 될까? '유령'이라 불리는 그들을.

"저… 온시현 님?"

불쑥 들려온 내 이름에 적잖이 놀라, 자리에서 벌떡 일어나 이쪽을 향해 서 있는 사람에게 인사한다.

"안녕하세요. 이서준 님이시죠?"

가장 먼저 든 생각은 키가 크다는 것이다. 자연스럽게 건이 형의 훤칠함이 연상되자 괜히 마음이 편안해져서 나는 미소 짓는다. 반면 이서준은 여전히 의아함이 묻어 있는 얼굴로 멀뚱히 서서 나를 빤히 쳐다볼 뿐이다. 충분히 그럴 수 있다. SNS를 통해 뜬금없이 인터뷰 요청을 받았는데 그 주제가 유령이라면 말이다.

이서준은 〈수인과 정령〉의 1회차 승자이면서 동시에 처음 유령들을 목격했다고 주장한 사람이다. 나는 이서준에게 자리를 권하며, 이렇게 약속이 잡히기까지의 제법 험난

하다 할 수 있는 과정을 떠올린다. 그러나 잠깐이다. 해야 할 일이 있기 때문이다. 우선 말문을 연다.

"뭐로 드시겠어요?"

"뭐, 아메리카노?"

이번 인터뷰는 무난하겠는데. 수리 누나가 들으면 비과학적인 생각이라면서 입에 거품을 물겠지만, 커피 메뉴를 물었을 때 돌아오는 대답에 따라 그날 인터뷰가 어떻게 진행될지 어느 정도는 감을 잡을 수가 있다. 아메리카노는 당연히 가장 무난하게 흘러가는 편이다. 거기에 '뭐'까지 붙었다. 물으면 묻는 대로 술술 이야기해줄 거라 기대해도 좋다. 물론 어디까지나 인터뷰 경력 4년 차 비전문 개인 유튜버의 견해일 뿐이지만.

공감대를 형성하는 동시에 가격의 차이로 인한 어색함을 피하기 위해 아메리카노 두 잔을 주문하고 자리로 돌아가 인터뷰 장비를 꺼내 테이블에 놓으며 눈치를 살핀다. 간혹 녹취라는 것 자체에 거부감을 가지는 사람들이 있다. 그런 사람들은 대개 아이스 아메리카노를 시켰다. 그냥 아메리카노를 시킨 이서준은 다행히 특별한 거부감을 보이지 않고 다만 신기해하는 눈초리로 내 손을 좇을 뿐이다. 그러더니 불쑥 말한다.

"진짜네요."

"네?"

"아, 인터뷰요. 사실 여기 오면서도 사기 같은 거 아닐까 했거든요."

"그런데도 나와주셔서 저로서는 정말 다행인데요. 안 그래도 안 나오시면 어쩌나 했어요. 연락도 어렵게 닿았고, 무엇보다 꽤 지난 일이니까요."

이서준은 순박하게 웃으며 손으로 머리를 쓸어내린다.

"금요일 밤인데 딱히 할 것도 없고… 그리고 오늘이더라고요."

오늘, 그러니까 한 달에 한 번씩 〈수인과 정령〉이 진행되는 둘째 주 금요일에 게임 장소인 광화문 광장을 인터뷰 장소로 잡은 데에는 개인적인 이유도 있지만, 나는 그것이 자성을 띈 것처럼 인터뷰이에게 모종의 힘을 작용할 거라는 믿음이 있었다(어디선가 거품이 부글부글 끓어오르는 소리가 들리는 듯하다). 정말 그런 작용을 했는지야 알 길이 없지만, 지금 이 순간 어떤 공감대가 이서준과 나로 하여금 자연스럽게 시선을 돌리게 한다. 창밖에는 그새 부쩍 몰려든 사람들이 하나같이 똑같은 고글을 쓴 채 광장을 에워싸고 있다.

나도 모르게 과거를 추억하다가 또다시 들려온 이서준의 주저하는 듯한 목소리에 얼른 고개를 돌린다.

"해보셨어요?"

내가 곧바로 대답하지 않자 이서준은 창밖을 턱짓하고는

말한다.

“지금, 여기….”

내가 이서준의 말이 채 끝나기도 전에 딱밤을 날리듯 가운뎃손가락을 앞을 향해 빠르게 세 번 튕기자(안 돼, 안 돼, 안 돼) 이서준은 당황하면서도 웃음을 터뜨린다.

“해보셨구나.”

해보다마다. 어디 그뿐인가.

“저게 중학생 애들이 만든 게임이래요. 그 ‘학당’ 말이에요.”

나는 적당히 고개를 끄덕이고는 주문했던 아메리카노를 가지고 돌아와 한 잔을 이서준 앞에 놓는다. 이서준은 잔을 들고 김을 쪼이며 부러움 섞인 눈빛으로 창밖을 바라보고 이야기를 계속한다.

“조금만 더 늦게 태어났으면 등하교 하느라 고생하지 않는 건데. 얼마나 좋아요, 아침에 일어나서 그냥 헬멧 하나만 쓰면 등교 끝. 크으, 게임하는 느낌일 거예요, 그렇죠?”

“꼭 그렇지만도 않더라고요.”

첫 가상 등교 때가 떠올라서 나도 모르게 픽 웃음을 흘린다. 그러자 이서준이 아, 하더니 묻는다.

“혹시 그 ‘학당’ 졸업생이에요?”

“네. 2회요.”

이서준은 해맑게 우와 하고 놀라더니 무슨 말인가 하려다 그냥 또 와, 하고는 커피를 마신다.

창밖으로 빛이 번쩍여 다시 시선이 그쪽으로 향한다. 누군가가 당했다. 어느 쪽일까. 게임이 진행되는 현장은 수많은 인파로 둘러싸여 있어 이곳에서 보이는 거라곤 고글을 쓰고 게임을 관람하는 사람들의 뒷모습뿐이다. 하지만 그들의 눈에 보이는 광경을 나는 묘사할 수 있다.

광장의 증강현실 장치를 총동원한 게임 배경은 그 자체로 어딘가 기묘한 느낌을 자아내는데, 디자인을 한 누군가의 말에 따르면 그 기묘하기 이를 데 없는 것이 다름 아닌 숲이라고 한다. 굳이 그쪽 계열의 이름을 붙일 거라면 숲보다는 밀림에 가깝지 않으냐는 지적이 물론 있었다. 그에 대해 그 디자이너는 다만 이렇게 대꾸할 뿐이었다.

'안 돼. 그러면 못 써.'

우문현답이 아닐 수 없는 반응에 결국 '숲'으로 명명된 게임 배경 안에서 졸지에 정령이 된 플레이어들은, 숲속을 어슬렁대는 수인들에게 영혼을 불어넣어 정령의 수를 늘림으로써 숲을 정화해야 한다. 한편, 수인 역시 정령을 상대로 세력을 확장하는 게 목표이기 때문에 게임은 그렇게 쉽게 끝나지 않는다. 어느 쪽이든 마지막까지 살아남는 플레이어는 게임의 승자가 되고 명예의 전당에 아바타가 세워지는 특전을 제공받는다(어디선가 악마의 웃음소리가 들리는 듯하다. "거기 등록되는 순간 죽어서도 영원히 고통받는 건데. 바보들."). 그러고 보니 이서준도 거기 세워져 있겠다. 확실히 좀 이상하긴 하다.

"제 말 믿으세요?"

이서준의 갑작스러운 말에 나는 고개를 돌린다.

"유령이요. 게임에서 승리하고 났을 때 유령들을 봤다는 제 말, 믿으시냐고요."

"그럼요."

나는 수사적으로 들릴 말에 진심이 담기길 바라며 미소 짓는다.

"그러지 않았으면 인터뷰 요청도 안 했겠죠."

"제 주장이 어디가 어떻게 잘못됐나 따지려는 거, 아니죠?"

이서준의 경계 어린 시선은 그동안의 무시와 조롱을 대변하는 듯하다. 아닌 게 아니라 1회차 승자인 이서준이 SNS에 올렸던 유령 목격담은 그야말로 폭발적인 반응을 불러일으켰는데, 안타깝게도 부정적인 쪽이 주를 이뤘다. 유령을 봤다고, 투박하리만큼 진지하게 주장하는 모습이 일단은 사람들의 입방아에 올랐는데, 본질은 질투였다.

유독 바람에 약한 대한민국에서 가장 뜨겁게 달아오르고 있는 게임의 첫 번째 참여자가 웬 귀신 씻나락 까먹는 소리를 해대니 대기표 받아놓고 목이 빠져라 기다리던 사람들이 옳다구나 물어뜯지 않을 도리가 없었던 것이다.

그런데 시간이 흐르면서 이서준이 했던 주장을 똑같이

하는 사람들이 늘어가자 유령 목격담은 이제 어엿한 괴담으로 인정되고 있다. 유령 목격 자체가 일종의 밈이 되면서 오직 유령을 보기 위해 매달 저 게임에 참여하는 사람도 있을 정도다.

그러나 이서준과 이서준이 했던 주장은 그저 오래된 과자 부스러기에 지나지 않는다. 어떻게 보면 이서준도 비슷한 처지가 아닐까. 그들하고….

그런 생각을 떨쳐버리고 나는 조금 힘주어 말한다.

“그러려고 이서준 님 같은 분들을 찾아다니는 게 아니에요. 저는 그냥 알리려는 거예요. 확성기처럼. 사람들이 보고 듣고 할 수 있도록. 그래서 더 많은 사람이 여기에 관심을 가져주기를 바라는 마음으로. 실은 저 게임 만든 사람을 개인적으로 조금 알거든요.”

“그럼, 복수 같은 건가요?”

“예?”

나는 ‘개인적으로 조금 아는’ 게임 개발자의 독특한 성향을 떠올려보고 약간 미소를 띠며 고개를 끄덕인다.

“뭐, 조금?”

“아, 정말요, 어쩐지….”

이서준은 고개를 끄덕이고, 나는 테이블 위 장치를 가리키며 마지막으로 동의를 구하고는 질문을 시작한다. 게임에 참여하게 된 계기부터 그날의 게임 상황, 어떻게 마지막까지 살아남아 승자가 되었는지 등등. 이서준의 진영이었던 정령의 수가 한 자리로 떨어진 이후의 상황을 이야기하며 이서준은 머그잔을 양손으로 쥔 채 좀처럼 놓지 못한다. 이서준이 떨리는 목소리로 말한다.

"하필이면 그 순간 게임 배경이 낮으로 바뀌고 고글 스피커에서 시끄러운 소리가 나오기 시작했어요. 온시현 님도 해보셨다니까 알겠지만, 낮에는 소음 때문에 정령의 목소리가 통하지 않잖아요."

"수인들의 세상이죠, 낮 시간은."

"그래서 막 도망치는데, 사람들이 보였어요. 나는 죽기살기로 달리고 있는데 그 사람들은 그런 절 구경하고 있다는 생각이 들더라고요. 웃기죠. 그 사람들은 그냥 관중일 뿐이고 저는 게임을 하고 있는 것뿐인데."

"몰입을 잘하신 거죠."

이서준은 머쓱한 듯 웃는다.

"사실 제가 좀 그런 편이긴 해요. 로코 드라마 같은 거 보면서도 막 울고. 아, 이 얘긴 빼주세요."

나는 고개를 끄덕인다.

"아무튼, 그때는 좀 마음이 안 좋았어요. 뭔가 나 혼자인 것 같고, 소외된 것도 같고."

"그래도 끝까지 포기하지 않으셨죠."

"네. 왠지 억울한 것 같더라고요. 뭐가 억울한 건지는 잘 모르겠지만 어쨌든 억울했어요. 그래서 달렸어요. 밤이 되기만을 기다리면서. 그때는 정령의 외침이 들리니까요. 그런데 게임이 끝나버렸어요. 뒤늦게 깨달았죠. 저 외의 정령은 모두 수인들한테 부정당해버렸다는 걸. 좀 허무했어요. 하늘에는 내 얼굴이 떠 있고 내가 승자라는데 기분이 묘하더라고요. 그런 와중에 보게 된 거예요. 유령들을."

"왜 유령이라고 생각하셨죠? 다른 플레이어였을 가능성은 없을까요?"

"제가 유령들을 봤다고 했을 때 가장 많이 들은 말이에요. 저도 처음에는 다른 플레이어인 줄 알았어요. 근데 좀 이상하더라고요. 거기 있는 모두가 승자인 절 보고 있었는데 그 유령들만 아니었어요. 꼭 자기들끼리 어울려 노는 것처럼. 그리고 무엇보다 흐릿했어요. 형태만 겨우 알아볼 정도로. 결정적으로 다른 사람들을 통과하고 다녔어요. 그게 유령이 아니면 뭐죠?"

당시의 외로움이 떠오르는지 약간 감정이 격해진 듯한 이서준에게 나는 묻는다.

"그런데 왜 유령이어야 하죠?"

그러면 대개는 의아해한다. 당연하다. 인터뷰의 흐름에 맞지도, 적절하지도 않은 질문일뿐더러 대뜸 목격자를 향해 의구심을 표하는 듯한 질문에 더러는 부정적인 반응을 보이기까지 한다. 하지만 나로서는 그 질문을 하지 않을 수 없다. 왜냐하면 목격자들이 봤다고 주장하는 소위 유령들은, 유령이 아니기 때문이다.

그들은 절대 유령 같은 게 아니다.

1부 * 학당에는 유령이 있대요

1

홍문관에 있는 무엇

유령이라고 불리는 그들에 대해 말하기 위해서는 조금 멀리 거슬러 올라가야 한다. 나의 중학생 시절로. 이것은 분명 번거로운 일일 테지만 불가피하다. 공적인 일이면서 동시에 사적인 일이다. 목적이 분명한 일이면서도 그 스펙트럼은 꽤 넓기 때문에 앞으로의 이야기를 통해 바라다보는 세상은 퍽 다르게 보일 것이다. 아니, 그랬으면 좋겠다. 그것이 나의 목표니까.

우선은 그 '학당'이라고 불리는 것부터 간략하게나마 짚고 넘어가야 한다. '학당'이 그토록 의미심장하게 불리는 데는 물론 다양한 이유가 있지만, 고전 판타지 소설에 나오는 악당 마법사처럼 그 이름을 감히 입에 올릴 수 없기 때문은 당연히 아니다. 그러나 '학당'에 대한 경험이 전혀 없는 현 삼십 대 이상의 세대들 사이에서는 그러한 인식이 제법 굳게 깔려 있는데 그 또한 많은 이유가 있지만 대체로 그것이 흥미를 자극하기 때문이다. '학당'이 그런 식으로 불리는 진짜 이유는 다름 아니라 그것이 '학당'의 이름 그 자체이기 때문이다. '학당'의 이름은 그냥 '학당'이다.

뭐든 벤치마킹해서 적당히 새로운 요소를 가미해 이름에 'K'자를 붙이기 좋아하는 우리나라 입장에서 '학당'은 그럴 필요조차 없었다. 왜냐하면 지구상에 다른 '학당'은 없었기 때문이다(있다면 그것도 이상한 일이 아닐 수 없다). 그래서 과감하게도 우리나라는 세계 최초 완전몰입형 가상현실 공립학교의 이름을 그냥 '학당'이라고 지어버렸다.

학당은 내가 초등학교 6학년이 되는 해에 처음 문을 열었다. 처음에는 서울에서만 시범적으로 운영했는데, 그 해의 서울 소재 예비 중고등학교 신입생은 특별한 사유가 없는 한 자동으로 학당 입학 대상자가 되었다(중고등학교가 통합된 구조였기 때문에 고등학교 1학년에 해당하는 학생들은 '자연스럽게' 4학년이 되었다).

그렇게 첫해를 별 탈 없이 보낸 학당은 이듬해 내가 살던 안양시를 비롯한 수도권 전체로 영역을 확장했고, 나는 중학교 과정 때부터 학당에 다녔다.

꼭 학당 출신이 아니더라도 '완전몰입형 가상현실'이라

는 것을 모르는 사람은 그리 많지 않을 것이다. 왜냐하면 그 기술 자체는, 경제적인 이유로 접근성이 다소 떨어지기는 했지만, 당시에도 이미 상용화되어 있었기 때문이다. 시중에 판매되는 엔터테인먼트 용도의 완전몰입형 가상현실과 학당을 모두 경험해본 사람이라면 공감하겠지만, 학당의 기술력은 엄밀히 말해 그리 대단한 것은 아니었다.

오히려 안전 등의 이유로 제약이 많아 어딘가 부족하게 느껴질 정도였다. 국가 차원에서 이뤄지는 것이 대체로 그렇듯 속은 비어 있는, 빛 좋은 개살구에 불과했다. 그러니 학당에 처음 등교해 겪은 다양한 적응 프로그램이나 동기화 오류로 인한 불유쾌한 부작용 등에 대해 구태여 늘어놓을 필요는 없겠다.

그러나 그냥 지나칠 수 없는 학당 고유의 특징이 하나 있는데, 바로 자신과 똑 닮은 아바타를 만드는 과정을 매우 경제적으로 구현한 시스템이다. 그 자체가 학당이래도 과언이 아닌 아바타 시스템이 아니었다면 아마 이런 파격적인 시설은 존재할 수 없었을지도 모른다. 그뿐만인가. 앞으로 하게 될 이야기 역시 존재하지 않았을 것이다.

위의 설명과 마찬가지로 틀에 박힌 매뉴얼처럼 재미없지만 그렇다고 없으면 곤란한 2주간의 예비 교육 시간은 사실 그리 나쁘지만은 않았는데, 건이 형을 그때 처음 만나게 되었기 때문이다. 나를 비롯해서 수도권 전역에서 접속한 수만 명의 입학생이 기준을 알 수 없는 알고리즘에 의해 잘게 쪼개져 한 학년 위 선배들의 인솔을 받았는데, 그중 건이 형을 만난 것은 정말이지 행운이었다.

내가 속한 반을 맡은 건이 형, 아니 건이 선배는 등장과 동시에 모두의 이목을 집중시켰다. 마치 우리가 입고 있는 한복 교복이 이렇게나 멋질 수도 있다는 것을 보여주기 위해 학당에서 섭외한 광고 모델 같았다.

하지만 아무리 건이 선배의 아우라가 대단한들 아이들이 그때 보였던 반응은 나로서는 조금 뜻밖이었다. 특히 환호하는 소리를 견디기가 어려웠다. 나는 무의식중에 귀를 손으로 막고 어서 빨리 뭐든 지나가기만을 바랐다. 시스템 볼륨을 조절하면 될 일이었지만 그럴 생각까지 할 겨를이 없었다.

건이 선배가 가볍게 팔을 들자 약속이라도 한 것처럼 조용해졌다. 건이 선배는 청량음료 광고라도 찍는 것처럼 상큼하게 웃더니 약간은 부끄러워하면서 말문을 열었다. 그러나 진짜로 말을 하기 위해서는 다시 한 번 아이들을 진정시켜야 했다. 나는 그저 소리에 놀라 움찔거리기 바빴다.

"고마워요. 고마워, 라고 해야 하나?"

탄산이 터지듯 좌중에 웃음이 일었다.

"정식으로 인사하겠습니다. 안녕하세요, 저는 여러분의 인솔을 맡은 선우 건입니다."

또다시 환호.

"아, 어쩔 줄을 모르겠네요. 일단은 앞으로 해야 할 일부터 말해보자면…."

적당히 짓궂은 미소와 함께 건이 선배가 말을 이었다.

"뭐니뭐니해도 학당을 구경하는 거죠."

함성이 터졌다. 정말이지 타고난 끼였다. 나중에야 알게 됐지만, 그것은 직업적으로 단련된 것이기도 했다.

건이 선배를 따라 학당을 견학하는 일은 내게 맞춤 선물이나 마찬가지였다. 나는 눈을 크게 뜨고 학당 곳곳을 샅샅이 훑어보며 '흔적'을 찾아다녔다. 그것은 일종의 옥에 티, 예를 들어 3D 프린터로 출력한 조형물에 남아 있는 이음매나 흠집 같은 것으로, 그러한 흔적들은 곧 그것을 만든 사람이 누군지를 증명하는 시그니처였다.

그 특유의 흔적을 발견하면 나도 모르게 어, 소리를 내고는 학당에서 지급된 전용 폰으로 내 모습이 나오게 사진을 찍었다. 한복을 입은 내 모습이 궁금하다며 엄마가 내린 당부 때문이었다.

4부 학당 중 중앙에 위치한 중학으로 향하는 돌담길에서 발견한 또 다른 흔적을 신이 나서 사진에 담고 있는 나한테 누군가가 물었다.

"사진 찍는 거 좋아해?"

건이 선배였다. 나는 깜짝 놀라 선배에게서 한 걸음 물러섰다.

"인증샷을 찍는 건데…."

이번에는 '어떤 인증?' 하는 듯이 선배가 고개를 갸웃거렸다. 그 뒤로 아이들의 시선이 모이는 것이 보였다. 그런 상황은 익숙하지도 않았고 좋아하지도 않았다. 내가 어버버하고 있자 건이 선배는 어떻게 알았는지 뒤를 돌아보고는 아이들의 이목을 가져가주었다. 그 와중에도 아이들은 삼삼오오 모여 건이 선배를 바라보며 자기들끼리 수군거렸는데, 그중 몇몇은 건이 선배의 다리 쪽을 훔쳐보듯 보며 좀 더 은밀하게 옆 사람과 이야기를 주고받았다. 그래서 나도 선배의 다리를 얼른 봤다. 같은 한복이 맞나 싶을 만큼 태가 남달랐다.

아무튼, 그걸로 끝인가 싶어 안도했지만 아니었다. 견학 내내 돌아가면서 한 사람씩 자기소개를 했는데, 학당 시설 중 가장 유명하면서 내게도 의미 있는 홍문관 앞에서 공교롭게도 내 차례가 오고 말았다. 분위기는 전에 없이 가정적이었지만 나한테는 그마저도 부담스러웠다.

나를 향한 시선들 앞에서 나는 그저 생각했다. 엄마의 거의 모든 것을 닮았으면서 왜 하필이면 이목을 즐기는 성향은 닮지 않았나. 애초에 그건 닮을 수 있는 부분이 아니라는 사실을 나는 간과했다. 엄마가 그러했듯 나 또한 익숙해질 시간이 필요할 뿐이었다.

"제 이름은 온시현이라고 합니다. 나이는 열네 살이고요."

정말이지 한심한 자기소개가 아닐 수 없었다. 입학생이 모인 자리에서 나이를 밝히다니. 당연히 웃음이 일었는데 그때의 난 단지 어리둥절할 뿐이었다.

"나는 열다섯."

건이 선배가 큰 소리로 말했다.

"조심하는 게 좋을걸? 그 무섭다는 중2니까."

냉정히 말해 다소 올드한 농담이었지만 건이 선배가 했기 때문에 아이들은 좋아했다.

"끝이야? 뭐, 좋아하는 거라든가, 싫어하는 거라도 괜찮고. 참, 사진 많이 찍던데. 인증샷이라고 했지? 뭘 인증하는 건데?"

내가 들리지도 않게 했던 말을 기억하고 있는 게 감동적이기도 했지만, 더 이상 못나게 구는 것은 앞으로의 생활을 위해서도 좋을 것이 없음을 막연하게 느낀 나는 마침내 대답했다.

"엄마가 남긴 흔적이요."

그 순간 아이들 얼굴에 들불처럼 번지던 의아한 표정을 잊지 못한다. 그때 느꼈던 자부심이 지금의 나를 만들었다 해도 과언이 아닐 것이다. 나는 뒤에 있는 홍문관 건물을 올려다보고는 말했다.

"우리 엄마가 만든 거예요."

모두 멀뚱멀뚱 홍문관과 나를 번갈아 쳐다볼 뿐 별다른

반응이 없었다. 설명이 필요하다는 것을 깨달았고 그건 익숙한 일이었다. 좋아한다고는 할 수 없지만 말이다.

"우리 엄마는 가상현실 디자이너예요."

그제야 곳곳에서 아, 하는 소리와 고개를 끄덕이는 것이 보였다. 하지만 전부가 다 이해하는 건 아니었다. 특히 건이 선배가 조금 멍해 보였다. 나는 선배의 눈을 보고 설명을 이어갔다.

"우리가 지금 여기에서 보고 느끼는 모든 것은 누군가가 만든 거예요. 진짜 현실에서는 건축가가 건물을 설계하고 기계를 이용해 건물을 짓지만, 여기 가상현실 속 건물은, 아니 이곳 자체는 가상현실 디자이너가 만들어요. 우리 엄마 같은 사람이요. 아, 엄마 혼자 한 건 아니지만요."

나는 재빨리 눈치를 살펴 설명이 됐는지, 이해가 됐는지를 파악했다. 거의 기계적인 반응이었다. 그런데 건이 선배가 앞으로 걸어 나왔다.

"그럼 그 흔적이라는 건?"

"어, 그러니까…."

나는 고민하다 홍문관 쪽으로 뛰어가 고개를 쳐들고 기와 장식을 살폈다. 아니나 다를까 엄마의 흔적이 있었다. 나는 소리쳤다.

"여기예요."

결이 어긋난 흔적을 유심히 올려다보는 건이 선배를 선

생님 보듯 쳐다보면서 나는 말했다.

"엄마가 시각적인 요소에 좀 집착하거든요. 그래서 쓸데없이 디테일한데, 그게 가끔 이렇게 오류가 나요. 그걸 찾는 거예요."

"그것참 비슷한데…."

"뭐가요?"

"어? 아니야. 그나저나 너희 어머니 대단하시다. 말하자면 우리 학교, 아니 학당을 지으신 분이잖아. 그럼 우리 시현이네 어머니가 지은 도서관을 구경해볼까? 아, 홍문관이지."

건이 선배는 제일 먼저 홍문관 안으로 들어가면서 사서 교사인 듯한 사람한테 인사를 하고는 나지막이 내게 물었다.

"우리 혹시 본 적 있던가?"

나는 사람 얼굴 기억하는 덴 자신이 있었던 터라 당당하게 대답했다.

"아니요."

"그래? 뭔가 묘하게 익숙한데."

건이 선배를 따라 우리는 전체적으로 어두컴컴한 느낌의 실내로 들어갔다. 조명이 그리 밝지 않기도 했지만, 인테리어 자체가 나무를 테마로 했기 때문이었다. 처음 이곳을 봤던 순간이 떠올랐고 반사적으로 심장이 두근거렸다.

홍문관. 처음 엄마한테 그 이름을 듣고는 무슨 이름이 하나같이 그 모양인가 했었다. 엄마가 거실 한가운데서 작업을 하는 동안 나도 고글을 쓰고 구경해봤다. 꼭 사극에 나오는 서고 같았는데 실제 홍문관과 같은 조선시대 건축물이 모델이라고 했다.

"그럼 다른 데는?"

나는 엄마 앞으로 가서 물었다.

"다 같은 테마."

"이상해."

내가 오른손을 들어 오른쪽 볼 근처에서 손가락들을 깜빡거리듯 움직이자 엄마도 웃으며 따라 했다.

"그래, 이상해."

하지만 홍문관이라는 이름의 도서관 자체는 괜찮았다. 단순히 괜찮다고 말하면 실례일 정도로 대단했다. 엄마의 디자인은 물론이고 그 안에서 구현되는 시스템 또한 말 그대로 환상적이었다.

마감을 얼마 앞두고 엄마가 한 디자인과 도서관 시스템이 잘 상호작용하는지 점검하기 위해 누군가가 우리 채널에 접속했다. 기본으로 제공되는 아바타를 그대로 사용하는 사람이 나를 보더니 엄마를 쳐다봤다. 나는 나도 모르게 그 사람한테 말했다.

"안녕하세요, 저는…."

엄마가 팔을 들어 내 말을 막았다. 그러고는 컨트롤러를 이용해 텍스트를 입력해 머리 위 말풍선에 띄웠다. 나는 그것을 읽기 위해 고개를 쳐들었다.

'아들이에요. 내후년에 학당에 들어갈 거예요. 저를 잘 도와요. 내보낼까요?'

기본 아바타라고 표정도 기본만 있는 것은 아닐 텐데 그 사람은 가면 같은 얼굴로 날 한번 보더니 로봇 같은 동작으로 다시 엄마를 보고 고개를 까딱였다. 내보내라는 건가 의아해하는 내게로 아바타가 다가왔다. 그러고는 막대기 같은 팔을 들어 내게 손을 내밀었다.

나는 얼결에 아바타의 손을 잡았다. 실제로는 컨트롤러 장갑을 끼고 있었기 때문에 허공을 쥐며 악수를 하려니까 굉장히 어색했다. 어색하기로는 둘째가라면 서러울 듯한 아바타가 어색한 동작으로 돌아서더니 도서관 건물을 향해 걸어갔다. 그러자 그냥 커다란 모형 같던 도서관에 뭔가 기운 같은 것이 돌기 시작했다. 물론 비유지만 정말로 그 순간 도서관 자체가 살아나는 느낌을 받았다.

아바타는 조용히 도서관 내부를 돌아다니며 잠깐잠깐 작동을 멈추듯 꼼짝하지 않고 있었는데 아마도 그쪽에서 뭔가를 시험하는 모양이었다. 다시 움직이면 따라가고 멈추면 기다리고 하기가 지루해질 즈음이었다. 아바타가 날 보더니 말풍선을 띄웠다.

'책 좋아하니?'

나는 습관처럼 말 대신 고개를 끄덕였다.

'아무 책이나 하나 말해볼래?'

나는 괜히 엄마를 한번 돌아보고는 마침 읽고 있던《해리 포터와 비밀의 방》의 제목을 신중하게 불러주었다. 아바타가 엄마를 돌아보고는 다시 말풍선을 띄웠다.

'어머니 취향이 그런 쪽이셨군요.'

그것은 (관계자에 따르면) 농담이었다. 아바타는 또다시 작동을 멈춘 것처럼 꼼짝도 하지 않았다. 그리고 눈앞에서 마법이 펼쳐졌다. 비밀의 방이 나타난 것이었다. 나중에야 알았지만 오래된 명작을 2차 창작한 가상현실 작품을 재생한 거였다. 그런 게 있는 줄 꿈에도 몰랐던 나로서는 마법과 다름없게 느껴졌다.

그렇게 비밀의 방에 홀려버린 나는《해리 포터와 비밀의 방》을 마저 읽다가 그때의 경이감에 몸을 부르르 떨고는 다시 한 번 도서관, 아니 홍문관을 찾았다. 하지만 그 기본 아바타의 마법이 걸리지 않은 홍문관은 한낱 모형에 불과했다. 해리 포터는 톰 마볼로 리들과 싸워 이겼지만, 나는 정체조차 알 수 없는 무언가에 진 것 같은 패배감에 휩싸였다. 그 후 나는 꼭 풋사랑에 빠지기라도 한 듯한 시간을 보냈다. 아니, 그것은 분명 사랑이었다. 꿈에서도 비밀의 방을 찾아 헤매던 나는 결국 홍문관에 나만의 비밀의 방을 만들어버렸다.

2

소설과 비소설 서가 경계에서

다소 거친 흐름에 놀랄 수 있다. 이해한다. 나 또한 그 어린 마음에도 이래도 되는 건가, 이게 맞는 건가 수도 없이 자문하고 또 자문했다. 그러나 2년이라는 시간을 보내고 학당에 입학한 다음에야 홍문관을 통해서만 볼 수 있을 비밀의 방은 나에게 희망 고문에 지나지 않았다. 그래서 도리가 없었다.

나는 엄마가 특유의 장인 정신을 발휘해 마지막으로 디자인을 검토하는 데 정신없는 틈을 타 이미 검토를 마친 홍문관 안쪽, 소설과 비소설 서가 경계의 사각지대에 나만의 비밀의 방을 만들어 드나들었다.

사실 가상현실 게임의 하우징 기능을 이용해본 사람이

라면 그게 그리 어려운 일이 아니라는 것을 알 것이다. 게다가 나는 다른 애들이 몬스터를 잡고 놀 때 엄마를 도와 가상현실을 디자인했다. 어깨너머로 보고 배운 것만 해도 웬만한 아마추어 정도는 되었다. 그리고 무엇보다 중요한 것은 엄마의 작업실 자체가 개발자 전용이었다는 사실이다.

즉, 그곳은 신계나 다름없었고 나에게는 신과 같은 권한이 있었다. 나는 그 권한을 행사하는 데 거리낌이 없었다. 인정하는 바, 그것은 해서는 안 되는 행동이었다. 깊이 반성한다.

그때 만들어 숨겨놓은 비밀의 방은 당연히 나한테 특별한 의미가 있을 수밖에 없었고, 2년 만에 정식으로 홍문관에 들어선 나는 일단 나만의 비밀의 방을 찾아서 괴수를 숨긴 해그리드처럼 아이들 몰래 서가와 서가 사이를 넘나들었다. 목적지는 소설과 비소설의 경계에 존재하는 사각지대였다.

아무도 모르게 그곳에 도착하는 것은 어렵지 않았다. 다행히 바뀐 것도 없었다. 그러나 나만의 비밀의 방을 찾는 것은 별개의 이야기였다. 신의 권능으로 숨긴 방을 학생 신분으로 찾을 수 있을 거라곤 감히 생각도 하지 않았다. 그저 미련이었다.

좌표나마 동일한 장소에서 비밀의 방을 숨기던 순간을 추억하는 것. 욕심을 부렸다면 단지 그뿐이었다. 그래서 정말로 비밀의 방을 발견했을 때 나는 너무 놀란 나머지 정신을 잃고 말았다. 더욱 정확히는 비밀의 방에서 나오는 뭔가를 목격함과 동시에 정체를 알 수 없는, 매우 불쾌한 감각을 느끼고 접속이 끊어져 내 방에서 눈을 떴다.

쓰고 있는 헬멧의 디스플레이에는 이상 현상 감지를 경고하며 당장 헬멧을 벗고 매뉴얼에 적힌 대로 정신을 가다듬고 신체를 스트레칭할 것을 권고하는 문구가 강조됐다. 하지만 스트레칭이고 뭐고 간에 속이 메스꺼워서 나는 헬멧을 벗어 내팽개치고 화장실로 달려가 속을 게워냈다.

내가 어찌나 소란을 떨었던지 소리를 감지하는 센서가 쉴 새 없이 빛을 깜빡거렸고, 그걸 본 엄마가 놀라서 달려 나왔다.

"무슨 일?"

엄마의 눈이 그 어느 때보다 크게 떠졌다. 나는 접속이 끊기기 직전에 목격한 것에 대해 생각할 겨를도 없이 엄마를 진정시키고 그럴듯한 핑계를 떠올리느라 애를 먹었다. 나는 손까지 더듬으며 별거 아니라고, 이제 겨우 2년 차니까 그럴 수 있다는, 무책임한 소리를 지껄였다. 엄마는 국가에서 하는 일이 어련하겠느냐며 나를 따라 방까지 들어왔다.

"정말 괜찮은 거 맞아?"

"응. 나 빨리 들어가봐야 해."

엄마는 걱정의 눈초리를 거두지 못했지만, 나는 나대로 시급한 문제가 있었기 때문에 서둘러 헬멧을 착용하고 학당에 접속했다. 감각을 동기화하는 로딩이 2주 동안의 예비 교육 기간까지 통틀어 그때만큼 길게 느껴졌던 적이 없었다.

나는 다시 홍문관의 소설과 비소설 서가 경계에 서 있었다. 일단 잽싸게 주변을 살폈다. 아무도, 아무것도 없었다. 대체 그게 뭐였을까 따져보기에는 비밀의 방이 너무나 궁금했고, 다시 정확한 좌표를 찾아 발걸음을 떼던 나는 눈앞의 현실을, 그러니까 내가 처한 상황을 믿을 수가 없었다. 비밀의 방이 사라진 것이었다. 조금 전엔 분명히 있었다. 그런데 없어졌다. 미쳐서 팔짝 뛰겠다는 말을 몸소 실천해 보일 수 있을 것 같았다.

"무슨 책 찾아?"

나는 정말로 팔짝 뛰었다. 건이 선배가 움찔하더니 머쓱하게 웃었다.

"도와줄까?"

"아니요!"

선배는 또 한 번 움찔했다.

"찾는 거 없으면 돌아가자. 곧 종 칠 시간이거든."

"그게…."

나는 내가 하고 겪은 일반적이지 않은 일에 대한 도덕적

의식보다 본능적 호기심이 앞서서 말했다.

“뭐 못 보셨어요?”

“뭘?”

“그러니까… 어… 뭔가… 흐릿하고, 반투명한….”

“유령?”

뜬금없이 유령이라니? 하지만 건이 선배는 퍽 진지해 보였다. 아니, 심각해 보였다. 돌연 겁을 집어먹은 나는 아무것도 아니라고 말하고는 가려고 했다. 그런데 건이 선배가 말했다.

“제피룸이라고, 알아?”

나는 멈칫하고는 좀 심하게 고개를 끄덕였다. 어쩌면 아닌 척했을 뿐, 내심 이런 전개를 기대했던 건 아니었을까 싶다. 이쯤에서 제피룸이 뭔지 설명을 해야 할 타이밍이지만 조금만 뒤로 미루겠다. 학당과는 달리 제피룸은 지금 하고 있는 이야기에서 아주 중요한 위치를 차지하고 있기 때문이다. 말하자면 광화문 광장의 이순신 장군 동상이랄까. 그런 것을 요령 없이 설명하는 건 내가 목표하는 효과에도 도움이 되지 않을 것이다.

아무튼 나의 격정적인 고갯짓에 건이 선배는 의아해했다. 선배는 약간 부끄러워함과 동시에 조금은 못마땅하다는 듯 웅얼웅얼 말했다.

“나 몰라?”

"알아요. 제피룸 부원이잖아요."

건이 선배의 눈썹이 '그리고?' 하듯 치켜올려졌다. 나도 따라서 눈썹을 한껏 올리다가 물었다.

"…독서부도?"

건이 선배의 입이 눈처럼 휑뎅그렁하게 벌어졌다. 그러나 잠깐이었다. 다만 민망해하면서 선배는 내가 서 있던 곳, 소설과 비소설의 경계 지점을 살피듯 보더니 굉장히 극적인 태도로 말했다.

"제피룸에 대해 안다니 얘기는 쉽겠네. 물론 제피룸이 하는 일도 알겠지. 애들 사이에서는 공공연히 심부름센터 정도로 통하지만, 엄밀히 말해 우리는 학당의 보안을 책임지는 보안부라고."

"저도 그렇게 생각해요."

내 말에 건이 선배의 얼굴이 역시나 극적으로 환해졌다(연극부를 겸하는 게 아닐까 싶었다). 사실 제피룸이 정식 명칭인 보안부가 아닌 심부름센터쯤으로 치부되는 것은 사실이었다. 그걸 내가 어떻게 알고 있었는가 하면, 내가 그때 이미 제피룸에 대해 알고 있었다는 사실과 관련이 있다.

나는 학당이 문을 열기 전부터 그 무지막지한 프로젝트에 대해 아는 몇 안 되는 사람에 속했는데, 그 이면에 숨겨진 그리 떳떳하지 못한 일화에 대해서는 이미 이야기를 했다. 따라서 내가 접근할 수 없는 곳에 존재하는 무언가를 갈망하지 않을 수 없었고, 미래의 제1회 졸업생들이 학당에서 보고 겪은 일들에 대해 관심을 가질 수밖에 없었다.

물론 나 말고도 세계 최초 가상현실 공립학교는 여러모로 관심의 대상이었다. 재학생들의 개인 소셜미디어 계정은 하나하나가 인플루언서 못지않은 인기를 끌었고, 특히 동아리 활동을 주기적으로 업로드하는 동아리 계정들은 그 자체가 일종의 방송 프로그램이나 마찬가지였다. 그중에서도 제피룸의 계정을 나는 좋아했다. 구독과 알림 설정까지 했었다. 그러니 모를 수가 있을까.

제피룸의 정식 명칭은 보안부다. 그리고 동아리 취지는 다음과 같다.

> 사이버 공간인 학당 내에서 발생할 수 있는 버그를 찾아내 학당의 보안을 강화하는 데 이바지하는 동시에 학당의 클라이언트인 학생들의 안전을 지키기 위해 최선을 다한다.

앞부분은 어딘가 SF스러운 멋짐이 폭발하지만, 문제는 저 '동시에' 뒷부분이었다. 사이버 공간에서 활동하는 클라이언트들의 안전을 책임지기 위해 최선을 다하여 구체적으로 무엇을 할 것인지 명시하지 않았다는 허점이 존재했고, 그것은 곧 제피룸의 반강제적 영역 확장을 의미했다.

학생들은 교내 활동 중 발생하는 오만 가지 불편함을 제피룸을 통해 해소했고 그 과정이 전 세계에 공개되면서 제피룸은 비공식적인 심부름센터가 되어버렸다. 그러니 건이 선배가 보였던 반응은 이해할 수 있는 것이었고, 오히려 내가 했던 반응은 그리 적절하지 못한 것이었다.

그러나 잘 선별해서 보면 제피룸이 보안부로서의 역할을 전혀 하지 않은 것은 아니었다. 나는 알고 있었다. 그리고 앞으로 무척이나 중요한 활동을 하게 될 터였다. 그때의 나는 다만 제피룸의 잠재력을 높이 평가해 건이 선배를 위로했다.

"그런데 제피룸은 왜요? 유령은요?"

본론으로 돌아와 내가 묻자 건이 선배가 높은 시선으로 주변을 스캔하듯 둘러보고는 답했다.

"유령을 목격했다는 제보가 있었거든."

나는 무심결에 고개를 끄덕이며 중얼댔다.

"작년 여름방학 끝나고 나서 처음이었죠, 아마."

"네가 그걸 왜 아는 거지?"

나는 머쓱하게 웃었다. 건이 선배가 날 수상쩍다는 눈초리로 바라보며 말을 이었다.

"그때는 그냥 장난으로 넘겼어. 그렇다고 제보 자체를 무시할 수는 없으니까 나름 조사는 했지만. 그런데 그게 끝이 아니었어."

"잊을 만하면 한 번씩 올라오더라고요."

"너!"

건이 선배가 억울함 가득한 얼굴로 날 노려봤다.

"정말 나 몰라?"

"안다고 했는데……."

"그거 말고! 우와…."

이쯤에서 건이 선배의 억울함을 풀어주는 것이 도리이지 싶다. 사죄의 의미이기도 하다. 여러분은 아마 건이 선배, 아니 선우건이라는 인물에 대해 잘 알고 있을 것이다. 건이 형은 현재 대한민국에서 가장 잘나가는 배우 중 한 명이다. 그리고 중학교 때도 이미 배우였다.

만 네 살의 나이에 아역 배우로 데뷔한 건이 형은 초등학교 졸업을 앞두고 드라마 촬영을 하다 사고를 당했는데, 제피룸 계정을 도맡아 기자처럼 활동했던 그 시절은 그에게 또 다른 활동 기간인 셈이었다. 하지만 어렸을 때부터 TV는커녕 영상물 자체와 거리가 멀었던 나로서는 선우건을 알 리가 없었다. 요즘도 실정은 비슷하다. 단, 건이 형이 출연하는 작품은 빼놓지 않고 챙겨 본다.

건이 선배는 다시 정신을 차리고 유령 이야기를 했다.

"아직도 유령을 봤다는 제보가 들어와. 심지어 늘었어, 제보량도."

"그런 얘긴 없었잖아요."

나는 약간 따지듯 말했다. 제피룸에 대해서는 웬만큼 안다고 생각했던만큼 조금 자존심이 상했던 거다. 그러자 건이 선배가 자못 심각하게 말했다.

"제보 들어온 대로 다 올렸다간 학당이 폐교돼버릴걸."

"에이…."

나는 소름이 끼치는 것을 무시하며 억지로 입꼬리를 추켜올렸다.

"거짓말. 유령이 어디 있어요. 있다고 해도 여기에? 어떻게?"

"봤잖아, 너."

"아니, 그건…."

나는 뒷걸음쳤다.

"무, 무슨 소릴 하는 거예요?"

"사실 너 튕겼다 다시 접속하는 거 봤어. 미안. 속이려는 건 아니었어."

"저한테 왜 이래요?"

나는 어느새 소설 서가에 등을 붙이고 서 있었다.

"저, 저는…."

"그러지 마. 왜 공포물을 찍고 있어. 나는 그냥 네가 본 유령에 대해서 듣고 싶은 것뿐이야. 그게 제피룸이 하는 일이니까."

건이 선배가 오히려 당황한 기색으로 나한테서 멀찍이 떨어져 섰다. 나는 괜히 창피해서 큰 소리로 말했다.

"유령 아니에요."

건이 선배의 얼굴이 굳어졌다. 실망은 결코 아니었다. 그보다는 경악에 가까워 보였고 그래서 나는 또 무서워져서 외쳤다.

"유령 아니에요, 그거. 그러니까 그건…."

"뭔데?"

나는 얼룩덜룩한 뭔가를 생각하며 말했다.

"사람이었어요."

내 말이 채 끝나기도 전에 쿵 하는 소리와 종소리가 동시에 울렸다. 언뜻 들으면 구분하기 어려울 만큼 동시에 났지만, 한껏 예민해져 있던 감각은 두 가지 소리를 분명히 감지했다. 반면 건이 선배는 그것을 알아차리지 못했는지 다만 이렇게 말했다.

"일단 나가자. 시간 안 지키면 수행평가 깎여."

나가면서 선배는 나지막하게 덧붙였다.

"제피룸으로 와. 초대장 보내줄게."

3

인던 속 인던

학당 보안부 제피룸의 초대장이 도착한 것은 다음 날 오전이었다. 나는 알림 소리와 함께 내 가방에 툭 떨어지는 봉투 같은 것을 생각했지만 아니었다. 초대장으로 온 것은 다름 아닌 건이 선배였다.

예비 입학생들이 모여 있는 반의 문이 열리고 건이 선배가 등장하자 충분히 예상할 수 있는 반응이 쏟아져 나왔다. 물론 나는 그저 아이들의 소리에 놀라 당황했을 뿐이었다.

양쪽 귀를 틀어막고 얼어 있는 내 쪽으로 걸어온 건이 선배가 아마도 창백하게 질렸을 내 꼴을 보고 눈치를 챘는지 집게손가락을 입에 대고 아이들을 진정시켰다.

"너희들 입학도 하기 전에 수행평가 마이너스 되겠다."

그러자 웃음이 터졌다. 키가 아주 작은 한 아이가 말했다.

"어차피 여긴 인던이잖아요."

나중에 알게 된바 '인던'은 게임에서 유래된 옛 용어로, '인스턴스 던전'의 줄임말이다. 말하자면 지하 감옥이라는 공간의 복사본이라는 뜻인데, 내가 있던 반도 정확히 같은 방식으로 만들어진 것이었다. 그렇게 만들어진 각각의 공간은 완전히 독립적으로 존재하고, 따라서 소리가 다른 곳에서 들릴 리는 없는 것이다.

"너 게임 좋아하는구나."

건이 선배가 씩 웃더니 돌연 태도를 바꾸고는 모두에게 말했다.

"인던에서 죽어도 템 잃고 경험치 깎인다는 것도 물론 잘 알겠지? 조심해. 학주는 모든 곳에 존재하니까."

그렇게 한순간에 교실을 으스스한 지하 감옥으로 만들어 놓고 건이 선배는 나와 함께 유유히 밖으로 나갔다. 겨우 정신을 차린 내가 선배한테 물었다.

"선배, 연극부도 해요?"

건이 선배는 상처받은 얼굴로 날 쳐다보더니 대꾸 없이 중앙 계단을 올라갔다. 한 3층쯤 올라갔을까,

"너 귀가 불편해?"

"어, 그건 아닌데요. 그냥 익숙하지 않달까."

"너 좀 재밌다."

그러고는 건이 선배가 멈춰 서더니 나한테 손을 내밀었다. 나는 어떻게 해야 할지 고민하다가 마주 손을 내밀었다.

"아니, 그거 말고. 네 단말기 봐봐."

나는 머쓱해서 가방을 뒤지며 생각했다. 단말기라니. 물론 학당에서 학생들에게 지급된 기기의 정식 명칭은 개인용 단말기가 맞다. 하지만 그렇게 치면 우리가 폰이라 눙쳐 부르는 것은 휴대전화라고 고쳐 불러야 한다. 건이 선배가 단말기라고 지칭한 것 또한 대개는 그냥 폰이라고 불렀다. 손바닥만 한 투명한 '단말기'를 찾아 선배에게 건네려고 하자 뭔가에 가로막힌 듯 손이 앞으로 더 나가지 않았다. 꼭 누군가가 잡고 있는 것 같았다.

"권한 때문에 그래."

건이 선배가 내 곁으로 다가와 단말기 화면 속 톱니바퀴 아이콘을 가리켰다.

"이걸로 모든 걸 할 수 있어. 물론 네 권한 내에서. 여기로 들어가서, 이걸 누르면, 감각을 조절할 수 있지. 네가 듣는 소리의 크기를 줄일 수 있다고."

앞서 말했듯 나는 볼륨 조절 같은 건 미처 생각지 못하고 있었으므로 순수하게 놀라서 탄성과 함께 소리쳤다.

"진짜요?"

때마침 건이 선배를 발견하고 접근하던 예비 입학생 두 명이 내 말에 놀라 넘어지고 말았다. 나는 놀라서 얼른 다가가 부축하려다 깨달았다. 학생 간의 물리적 접촉이 어느 정도 제한돼 있다는 것을.

내가 내민 손은 넘어진 아이의 몸을 두르고 있는 듯한 벽에 가로막혔다. 그리고 넘어진 아이 또한 넘어지는 것으로 다칠 수는 없었다. 놀라기는 했지만 말이다. 나는 뒷걸음치며 사과했다. 건이 선배가 재빨리 상황을 정리했는데, 어렸을 때부터 사회생활을 해온 사람은 확실히 달랐다. 좋고 나쁨을 떠나서 말이다.

"너 이런 거 안 해봤지?"

상황이 종결되고 돌아와서 건이 선배가 그렇게 말하고는 하던 일을 계속했다. 나의 청각을 조절해주며 선배가 물었다.

"아, 아, 어때?"

점점 작아지는 선배의 목소리가 이불처럼 느껴졌다.

"된 것 같아요."

"그래? 언제든지 조절할 수 있으니까. 가자. 5층이야."

나는 선배를 따라 올라가면서 창밖으로 길게 뻗어나 있는 길과 가로수, 그리고 그곳에 조그맣게 보이는 학생들을 내려다보며 생각했다. 참 쓸데없이 디테일해. 중앙 현관으로 이어지는 길가에는 한 무리의 학생들이 피켓을 들고 서 있었는데 그 내용을 보고는 나도 모르게 피식 웃어버렸다. 지금도 그것을 떠올리면 웃지 않을 수 없는데, 피켓에는 이렇게 쓰여 있었다.

'교복 프리! 복장의 자유화만이 우리의 미래다!'

국가 차원에서 설립된 가상 학교 내에서 볼 법한 내용이 아닌가. 나를 돌아본 건이 선배가 창밖을 보더니 혀를 차며 말했다.

"재도 참 열성이야."

그러더니 대뜸 소리를 질렀다.

"야, 마수리! 들어와! 신입이야!"

큰 소리에 한 번 놀란 나는 신입이라는 말에 두 번 놀라서 건이 선배를 쳐다봤다. 선배가 명백히 실수라는 얼굴로 날 보더니 말했다.

"이쪽이야."

그러고는 복도 끝, 문이 있는 곳으로 거의 뛰듯이 가더니 자기 폰을 꺼내 뭔가를 한 다음 거침없이 문을 열었다. 다 됐다는 듯 약간 조급해 보이는 미소로 건이 선배가 날 봤다. 그때 이미 상황이 묘하게 돌아간다는 것을 느끼고 있었지만, 역시나 묘한 호기심 같은 것이 나를 거기 꼼짝 않고 서 있게 했다. 선배가 미안해하는 것처럼 조심스럽게 말했다.

"들어갈 거지?"

"동아리방이요, 아님… 동아리요?"

선배는 모호하고 의미심장하게 웃으며 어깨를 들썩일

뿐이었다.

"너 제피룸에 관심 많잖아."

"관심이야 있기는 하지만…."

층계 쪽에서 우당탕탕탕 발소리와 함께 목소리가 울려 퍼졌다.

"안 돼!"

"돼!"

건이 선배가 맞받아치고는 이판사판이라는 듯 다시 내게로 와 내 손을 잡아끌었다. 하지만 뜻대로 되지는 않고 그저 허우적댈 뿐이었다. 다만 그 의지와 마음 같은 것에 이끌리듯 나도 모르게 선배 쪽으로 걸어갔다. 그리고 들어갔다. 동아리방으로.

건이 선배가 다급하게 문을 닫고는 왜인지 약간 절뚝이듯 안쪽으로 달려가면서 소리쳤다.

"데려왔어!"

누군가가 또 있었다. 물론 또 다른 부원일 테고 3학년은 아직 존재하지 않았기 때문에(마찬가지로 고등학교 3학년에 해당하는 6학년도 없었다) 건이 선배와 같은 학년일 텐데 선배의 외침은 명백한 복종이었다.

그때만은 사자 우리에 던져지는 사슴의 심정을 이해할 수 있었다고 감히 장담하겠다. 나는 그동안 봐왔던 제피룸의 소셜미디어 피드들을 슈퍼컴퓨터 못지않은 속도로 복기했지만, 다른 사람은 없었고 오로지 건이 선배뿐이었다.

건이 선배의 원맨쇼가 사실은 '신진 양성을 위한 일감 몰아주기(누구 말에 따르면 그냥 따까리)'에 지나지 않았다는 사실을 나는 본능적으로, 무의식적으로 사무치게 깨닫고 있었다.

뒤에서 다시 문이 열렸고 아까 층계를 내달려 올라오며 "안 돼!"를 외쳤던 또 다른 부원이 내 앞을 가로막고 날 머리부터 발끝까지 뜯어보았다. 왜 그러는지는 몰라도 나로서는 이대로 상황이 종결되는 그림을 잠깐 그렸다.

"마수리, 비켜!"

"야, 너 내 이름 그렇게 부르지 말랬지! 내가 너 왕건이라고 부르면 좋아?"

"좋은데. 나 최수종 선생님 팬이거든."

졸지에 마법사의 후예가 되어버린 수리 선배가 치렁치렁한 긴 머리 틈새로 건이 선배를 살벌하게 노려보았다. 그것은 이 세상 눈빛이 아니었다. 불행하게도 나는 그 저세상 눈빛을 이후에도 쭉 보게 될 운명이었다.

그저 처한 상황을 벗어나고 싶을 뿐인 나를 사이에 두고 두 중2가 으르렁대는 사이, 어디서 나타났는지 모르게 또 한 명의 부원이 동아리방 한가운데 있는 원탁 앞에 앉았다.

그 마지막 등장인물은 누가 봐도 그곳의 리더였다. 노란색 명찰에 새겨진 노아라는 이름이 조금도 종교적으로 느꺼지지 않았는데, 그렇다고 악의 기운을 풍긴 것은 아니고, 뭐랄까, 노아 선배는 그냥 타고나기를 묵직한 사람이었다. 모르는 사람이 보면 무게 잡는 것 같고 오만방자한 것처럼 보일 뿐이겠지만 말이다. 나는 그냥 무서울 뿐이었고.

절대권력의 존재도 모르고 날 기둥 삼아 두 사람이 알콩달콩 술래잡기하는 동안 노아 선배는 단순히 그 소동이 끝나기를 기다리는 차원에서 단발머리를 묶은 형광색 실끈을 풀어 만지작거렸다.

두 사람의 행각이 끝난 건 건이 선배가 수리 선배를 (굳이) 피해서 내 앞에 서고 난 뒤였다. 실끈을 손가락으로 배배 꼬던 노아 선배를 발견한 건이 선배가 움찔하더니 날 그 앞에 앉히려 했다. 나는 약간의 저항감을 느끼며 본의와는 무관하게 노아 선배 맞은편 자리에 털썩 주저앉았다. 노아 선배는 이제 다 됐냐는 듯 모두를 돌아보며 천천히 머리를 묶었다. 그리고 말했다.

"신입, 네가 본 유령에 대해 말해봐."

노아 선배의 말에 따르는 것은 지극히 자연스러운 일인 것 같았다.

"그게… 그건 유령이 아니에요."

그리고 덧붙여서 '신입이라는 말은 뭐죠?'라고 묻고 싶었지만 말문이 막혔는데, 그 또한 지극히 자연스러운 일 같았다.

"그럼 뭔데?"

역시나 자연스럽게 대답하려는데 수리 선배가 탁자를 두 팔로 내려치며 끼어들었다.

"안 돼! 난 반대야!"

반대편에서 건이 선배가 똑같이 탁자를 내려치고는 "난 찬성!" 했는데, 어째 정말로 찬성해서 하는 말 같지는 않았다. 그저 반대 그 자체를 위한 찬성이랄까. 구체적으로 무엇에 대한 찬반인지는 차치하고 말이다.

"너, 이 태조 카사노바 같은…."

마법사의 후예가 방법이 없다는 듯 노아 선배를 향해 뜨거운 눈빛을 발사했다.

"새 부원은 필요 없어. 그것도 남자애! 노아야, 우리끼리도 잘해왔잖아."

"우리? 나를 말하는 거겠지."

건이 선배가 어느 정도는 타당한 이의를 제기했다.

"나 혼자선 앞으로 추가 유치될 수많은 고객을 감당할 수 없어."

그러자 수리 선배가 고딕풍 미망인 같은 모습으로 탁자를 잠식하며 랩을 하듯 단어들을 쏟아냈다.

"내가 계산해본 결과 네가 다음과 같은 헛짓거리를 하지 않으면 충분히 승산이 있어. 첫째, 웃어주지 않는다. 네가 웃음을 한 번 흘릴 때마다 작업 속도가 3퍼센트씩 지연되지. 둘째, 인사하지 않는다. 이건 무려 5퍼센트. 같은 이유로 셋째, 인사를 받아주지도 말고, 무엇보다 가장 중요한 건데, 넷째, 그 망할 놈의 사인을 해주지 않는다. 사인 한 번에 자그마치 9퍼센트, 근데 사인을 하면서 넌 앞에 나열한 헛짓거리를 다 하지! 그러면 총 몇 퍼센트의 지연율이 발생하는지 너는 계산이나 할 줄 아냐?"

내가 다 숨이 차서 남몰래 숨을 고르는데 그 순간 노아 선배와 눈이 마주쳤다. 그때 날 보던 선배의 피곤에 전 눈빛에 나는 왠지 모르게 동질감을 느꼈다. 그래서였을 것이다. 내 폰을 꺼내 양쪽에서 왕왕대는 소리를 죽이고 메모장을 열어서 내가 전날 써둔 것을 노아 선배에게 건넸던 것은. '유령'과의 조우 이후, 나는 내가 보았고 기억하는 무언가를 연결하는 것(얼룩)에 대해 일기를 쓰듯 기록했었다. 미동도 없이 시선을 내려 그것을 읽은 노아 선배가 마침내 말했다.

"들어와."

그 말에 모두가 저마다의 이유로 멈칫했다. 일단 나는 왜 얘기가 그쪽으로 튀는지 알 수가 없어서 할 말을 잃었다. 겨우 목소리를 내서 물었다.

"어딜요?"

바보 같은 나의 물음에도 노아 선배는 특유의 딱딱함으로 대답해주었다.

"제피룸. 보안부에."

언론인을 꿈꾸는 나에게 제피룸은 일종의 연습장이 되어줄 터였고 실제로 그랬다. 하지만 용기가 나지 않았다. 매일 소리 없는 집안에서 생활하면서 익숙해져버린 달큰한 고요함을 깨고 싶지 않았다.

더욱 솔직하게는 두려웠다. 단지 그 이유만으로도 나에게는 고민거리였다. 그것을 알아챈 건지는 알 수 없지만(이후에도 알려주지 않았기 때문에), 노아 선배는 한 발 뒤로 물러설 줄 알았다.

"제보는 고마워. 이거 나한테 보내줄래?"

나는 얼떨떨해서 네, 하고는 시키는 대로 했다.

"디테일하면서도 과하지 않아. 제피룸 계정을 운영하기 적합해. 그냥 그렇다고. 어차피 동아리 신청은 3월 지나서야 가능하니까 생각해볼 시간은 충분해. 근데 말이야, 난 네가 이 솜씨를 가지고 감상문 따위나 써대는 동아리에 들어가면 아까울 것 같아. 이제 가봐."

역시 시키는 대로 할 수밖에 없었다. 동아리방을 나서는데 수리 선배가 날 향해 눈으로 총을 갈기며 두 손가락으로 자기 두 눈을 가리켰다가 내쪽을 향하고는 뭐라 중얼댔지만 들리지 않았다.

나는 뭐에 홀리기라도 한 것처럼, 혹은 나 자신이 유령인 것처럼 복도를 거닐다가 문득 창밖으로 보이는 홍문관 건물을 발견하고 우뚝 멈춰 섰다. 그리고 그 순간 등 뒤에서 가볍게 툭 치는 듯한 느낌을 받고 돌아섰다. 건이 선배가 따라 나온 줄 알았지만 아니었다. 복도에는 아무도 없었다.

4

입학식의 랑데부

"생각해봤어?"

입학식 당일, 건이 선배가 지나가며 내게 살짝 물었다. 나는 그냥 적당히 웃었고 선배도 웃음으로 답하고는 지나가다가 어딘가를 향해 큰 소리로 말했다.

"거기, 조금만 조용히 해줄래? 고마워."

나는 안 그래도 불안하고 초조해서 죽을 맛이었다. 추첨 때문이었다. 뽑히면 고전 영어덜트 소설의 등장인물처럼 목숨을 걸고 배틀로얄을 벌이는 건 물론 아니었지만, 학생 입장에서 그 못지않게 살벌한 것이 없지는 않았다. 다름 아닌 입학식과 개교 2주년을 기념해서 학당에서 기획한 생중계였다.

학당의 거의 모든 것을 제작한 나지율 개발자가 첫해에 이어 두 번째 해에도 직접 참석해 한말씀 하시는 동안 시각적으로 구색을 갖출 청중이 필요했기에 학당에서는 당당하게 자원자를 받는 무리수를 두었다가 결국 추첨을 하기로 했는데, 정말이지 의미 없는 일이 아닐 수 없었다. 그러나 모든 일을 효율적이고 효과적으로 처리할 수만은 없다는 것을 우리는 배워가야 했다. 그런 측면에서 학당은 제 역할을 톡톡히 했다 할 수 있다.

나는 두 손을 맞잡고 거의 신앙적으로 빌었다. 제발 추첨에서 떨어지게 해주세요. 4학년을 포함해서 입학생만 수만 명이다. 육조거리(말하자면 광장, 또는 그냥 운동장이라고 생각하면 편하다)가 제아무리 드넓다 한들 기껏해야 수백 명 정도 세우고 말 테니 확률은 1퍼센트가 될까 말까 한 정도였다.

그러니 나의 소망이 그리 허황된 것은 아니었는데, 혹시라도 드라마틱한 뭔가를 기대하는 사람이 있다면 유감이 아닐 수 없다. 이게 영화나 소설은 아니지 않나. 그러나 영화나 소설이 아님에도 누군가는 그 1퍼센트가 되어 육조거리를 메워야 했고, 도리어 그것이야말로 현실만의 냉혹함이 아닌가 하는 건 너무 과한 생각일까.

그렇게 추첨에 뽑힌, 정말로 고전 영어덜트 소설의 등장인물들을 연상시키는 1퍼센트의 처량한 뒷모습을 차가운

현실의 입학생 대기실에서 배웅하는데, 옆에서 이제는 익숙해진 목소리가 또 말을 걸었다. 건이 선배였다.

"아직도 결정 못 했어? 그렇게 어려워?"

제피룸 동아리방의 묵직함을 상기하며 나는 다만 어깨를 으쓱였다. 그러자 건이 선배가 내 어깨에 손을 얹었다.

"좋게 생각해. 따지고 보면 스카우트 아니겠어?"

스카우트라니. 엄마도 그랬었다. 제피룸으로부터 동아리 가입을 제의받은 날, 엄마한테 이야기하자 엄마가 크게 웃으며 말했다.

'스카우트 된 거?'

하지만 뭐 때문에? 나는 내가 관심 있는 곳으로부터 들어온 제의에 기쁘기보다 의심이 앞섰다. 그런 나 스스로가 싫으면서도 내 반응이 합리적인 게 아닌가 싶을 뿐이었다. 엄마는 내게 좀 더 자신감을 가지라며 손으로 자신을 가리켰다.

'나처럼.'

자신감을 갖는 것도 노력으로 되는 걸까? 모르긴 몰라도 말처럼 쉽지는 않지 싶었고 나는 그냥 적당히 웃어넘기고는 자리에서 일어났다. 그리고 내 방으로 들어가 내가 썼던 기록을 다시 읽어보았다.

노아 선배가 한 말이 그 속에 어떤 의미를 담고 있는지는 그때나 지금이나 알 길이 없지만, 그래도 그 말을 떠올리면 일단 기분이 들떴기에 나는 그날 뜬눈으로 밤을 지새웠다. 그러나 결론은 내릴 수 없었고, 그건 건이 선배가 성화를 대고 있는 순간에도 마찬가지였다.

"조금만 더 생각해볼게요. 그리고 아직 입학식도 안 끝났잖아요."

"그렇지. 미안."

1퍼센트의 희생으로 행복해진 나머지가 그새 풀어져 소란을 피우자 건이 선배가 나서야 했고 나는 그 틈을 타 살그머니 대기실을 빠져나가 홍문관으로 향했다. 시간 때우기에 그곳만 한 곳이 또 어디 있겠는가.

내가 들어서자 누군가의 시선이 내게 향했는데, 전에 본 사서 교사였다. 나는 인사하면서 혹시 이상하게 생각하면 뭐라고 둘러댈지 고민했지만, 사서 교사는 그런 데 별로 관심이 없어 보였다. 아니, 더욱 정확히는 관심이라는 것 자체가 없는 사람 같았다.

내게는 다행인지라 그대로 안으로 들어가려는데 어디선가 박수 소리가 들려 고개를 들었다. 육조거리가 천장에 펼쳐져 있었다. 알고 보니 그냥 평범한 교내 방송이었다. 하지만 평범하지 않게 굳이 도서관에도 방송을 트나 생각하면서 나지율 개발자의 연설을 듣던 나는 어딘가 익숙한 감각을 느끼고 그 자리에 주저앉고 말았다.

사서 교사가 약간 놀란 눈으로 엉거주춤 서서 나를 보며 도움이 필요한 상황인 건지, 아니면 그냥 내가 이상한 아이인지를 심각하게 고민하는 와중에 나는 분명히 느꼈다. 뭔가가 방금 날 밀치고 지나갔다. 그리고 이 묘하게 익숙한 메스꺼움은… 틀림없어. 그날, 비밀의 방 앞에서 날 학당 밖으로 던져버린 그 사람이야. 그러한 깨달음과 동시에 소설과 비소설 서가의 경계로 뛰는데, 사서 교사의 웅얼대는 소리가 들렸다.

"여기서 뛰면 안 되는데…."

혹시나 했지만 역시나 비밀의 방은 찾을 수 없었다. 그렇다면 남은 건 나를 밀치고 가버린, 유령 행세를 하는 그 사람을 쫓는 일이었다. 도대체 어떻게 비밀의 방을 드나드는 건지 물어야 했다. 그리고 가능하다면 배울 수도 있을지 몰랐다. 예전에 함께 그림 그리는 것을 배웠던 것처럼. 나는 다시 홍문관 밖으로 달렸다. 사서 교사가 또 중얼거렸다.

"여기서 달리면 안 되는데…."

"죄송해요."

하지만 문제는 그 사람이 눈에 잘 띄지 않는다는 점이었다. 첫 만남 때 내가 본 것도 아주 찰나였고 그걸 억지로 짜내듯 절반은 순전히 나의 가정으로 몽타주를 작성했던 건데, 텅 빈 복도에서 그 유령 같은 사람을 무슨 수로 찾아야 할지 솔직히 막막했다.

그래도 일단 달렸다. 그러다 다른 사람을 발견하면 피해서 또 달렸다. 오직 감에 의존해 한참을 달리다, 중앙 계단 쪽 쉼터 앞에서 노아 선배와 마주쳤다. 인사가 오가지는 않았다. 그러기엔 너무 짧은 순간이었고 정신이 없었다.

게다가 쉼터에서 뭔가를 발견한 것 같았다. 쉼터 자체는 어느 학교에서나 볼 수 있을 법한 구조여서 특기할 것은 없었지만, 단 하나, 교내 방송이 벽면에서 재생되고 있다는 점이 달랐고, 거기에 투명한 뭔가가 있었다. 다시 만나게 된 것이었다. 유령이라 불리는 그 사람을. 나도 모르게 그 사람을 불렀다.

"하랑 누나…."

마치 투명한 필름이 허공에서 움직이는 것처럼 하랑 누나가 움직였다. 거리가 멀어서 자세히 볼 수는 없었지만, 적어도 날 돌아본 건 아닌 듯했다. 하랑 누나는 그저 앞으로, 나지율 개발자의 모습이 나오는 벽면을 향해 얼룩진 손을 뻗으며 나아가고 있었다. 가까이, 좀 더 가까이, 벽을 뚫을 기세로 가까이… 그리고 정말 벽을 뚫고 화면 속으로…. 하랑 누나는 그렇게 내 눈앞에서 사라져버렸다. 내가 멍하니 서 있는 동안 화면 속에서는 나지율 개발자가 딱딱한 태도로 연설하고 있었다.

"…학교는, 근본적으로 우리의 보다 나은 미래를 위해 존재한다고 해도 과언이 아닐 겁니다. 그래서 우리의 현재는 과거보다 더 나아졌나요?

글쎄요. 21세기가 절반 가까이 흐른 지금까지도 우리의 아이들은 정적이고 한정된 공간에 갇혀 지식을 주입받고 있습니다. 그것이 과거에는 숫자였고 현재에는 문자로 바뀌었을 뿐, 달라진 것은 없습니다.

어쩌면 그렇기 때문에 비극 또한 끊임없이 반복되는지도 모릅니다. 우리의 미래가, 현재의 답습이 아닌, 진정한 미래이기를 바라며 이곳을 만들었습니다.

우리의 잠재적 미래는 이곳에서 안전할 것입니다. 자유로울 것입니다. 그리고 미래로 나아갈 것입니다. 그 끝에 기다리고 있을…."

"유령이다!"

육조거리에 동원된 학생 중 하나가 하늘을 향해 손을 쳐들었고 수백의 머리통이 일제히 고개를 돌렸다. 유령이라는 것의 존재 자체에 대한 의문은 차치하고, 일반적이지 않은 무언가가 정말로 공중에 떠 있었다. 나도 모르게 하랑 누나를 따라 화면 속으로 들어갈 것처럼 달라붙어 그 무언가를 뚫어져라 쳐다봤다.

그날 이후 제피룸 계정에 올라온 묘사에 의하면, 그것은 바람에 날리다 돌연 기류 충돌이 극적으로 작용한 결과 기적적으로 공중에 멈추게 된 투명한 비닐봉지 같았다. 사실 워낙 유명한 일이어서 지금도 검색하면 그때의 상황을 볼 수 있으니 아직 못 본 사람은 잠시 다녀와도 나쁘지 않을 것이다.

그 허공에 걸린 비닐봉지는 움직이고 있었다. 기류 충돌의 영향에서 벗어나 힘없이 갈지자로 떨어지는 게 아니라 허공에 걸린 그 모습 그 높이 그대로 명백히 전진하고 있었다. 그래선지 어디선가 "외계인이다!"라고 외쳐 상황에 황량함을 덧칠했다. 거기에 누군가가 합세해 외쳤다.

"초능력자다! 저기!"

이번에는 수백의 시선이 연단이 있는 쪽으로 향했다. 거기엔 정말 초능력자가 있었다. 나지율 개발자가 하늘을 걸어 올라가고 있었던 것이다. 말 그대로 나지율 개발자는 계단을 걸어 올라가듯 허공을 밟아가며 위로, 문제의 비닐봉지를 향해 다가갔다.

비닐봉지가 향하는 방향도 연단 쪽이어서 사람과 물체는 육조거리 공중의 한가운데서 랑데부에 성공했다. 그것은 어딘가 모르게 드라마틱했고 학생들은 환호하며 박수갈채를 보냈다.

아무도 그것이 예기치 못한 사고임을 인지하지 못했다. 나지율 개발자가 문제의 비닐봉지를 건어내 그 실체를 밝히기 전까지는. 하지만 그 전에 건이 선배를 발견한 나는 비닐봉지가 걷히고 터져 나오는 수백의 목소리를 뒤로하고 화면 곳곳을 뒤져 조작이 가능한 뭔가를 찾았다. 화면 구석에 반투명하게 인터페이스가 떠 있었고 그것으로 카메라 시점을 변경할 수 있었다.

시점을 나지율 개발자가 있던 연단 쪽으로 돌려 보니 건이 선배가 그곳에서 등을 보인 채 뭔가를 하고 있었다. 그 특유의 자세를 알아본 나는 얼른 폰을 꺼내 제피룸의 소셜 미디어 계정에 방문했다. 아니나 다를까 건이 선배가 라이브 방송을 하고 있었다. 연단에 선 건이 선배가 뒤로 보이는 나지율 개발자 쪽을 가리키며 말했다.

"지금 나지율 개발자가 중학생으로 보이는 한 아이와 함께 이곳 학당의 육조거리 하늘에서 대치 중입니다."

'대치'라는, 다소 누리끼리한 워딩을 시작으로 카메라 시점이 앞으로 나아가며 줌인을 했다. 나지율 개발자가 분명히 보였다. 그리고 나지율 개발자의 손에 잡혀 있는 아이의 모습도.

헤드셋을 쓴 그 아이는 나지율 개발자에게서 멀어지려 애쓰고 있었는데 도저히 그 완강한 손아귀에서 벗어날 수 없어 보였다. 아이도 그걸 알았는지 태도를 바꿨다. 나지율 개발자를 향해 달려든 거였다.

그 맹렬한 기세에 나는 움찔했다. 그러나 나지율 개발자는 꿈쩍도 하지 않고 아이를 거의 봉쇄하더니 그대로 사라져버렸다. 순식간이었다. 하늘은 아무 일도 없었다는 듯 비현실적으로 파랗게 빛날 뿐이었다. 다시 카메라가 줌아웃해서 건이 선배가 나타났다.

"지금 여기에서 우리가 목격한 것이 뜻하는 바는 과연 무엇일까요? 분명한 건 학당 내에서 초자연적인 일이 벌어졌다는 것입니다. 학당을 제작한 나지율 개발자가 하늘을 걸어 올라가는 것은 충분히 가능한 일일 겁니다. 그렇지만 우리가 목격한 우리 또래의 아이는 어떨까요?

현재로선 설명할 수 없습니다. 도대체 나지율 개발자와 같은 능력을 소유한 그 아이는 누굴까요? 학당의 학생이기는 할까요? 그리고 두 사람은 어디로 간 걸까요?

혹시 아는 바가 있다면 제보해주세요. 추첨을 통해 제 사인이 담긴 브로마이드를 보내드립니다."

5

비스마트 안경을 쓴 아이

건이 선배의 라이브 방송은 그야말로 빛의 속도로 온 세상에 퍼졌다. 수많은 반응이 뒤를 이었다. 그중 제보 내용은 따로 정리돼 제피룸 계정을 통해 확대, 재생산됐다. 눈여겨볼 내용은 별로 없었지만 사람들의 뜨거운 관심과 적극적인 참여 자체가 화젯거리로는 부족함이 없었다. 그리고 여전히 이것을 신세대의 새로운 놀이 정도로 생각하던 기성 언론까지 발을 담그면서 사태는 걷잡을 수 없이 커졌다.

나는 들고 있던 폰이 폭탄처럼 느껴져서 손이 다 떨렸다. 그러나 제피룸은 달랐다. 메이저 언론의 기사를 가져다 뿌리며 열을 올리는 그들은 프로 같았다. 선배들의 모습을 보면서 나는 결심했다. 제피룸에 들어가지 않겠다고. 내가 감당할 수 있는 곳이 아니지 싶었다.

얼마 안 가 제보 내용이 뚜렷해졌다. 꽤 구체적이고 일관된 제보가 용의자, 아니 나지율 개발자와 함께 사라진 아이의 몽타주를 그려갔다. 그리고 완성된 몽타주는 말하고 있었다. 그 아이의 이름은 장하랑. 나이는 나보다 한 살 많은 열다섯. 서울 관악구에 살지만 학당에 다니지는 않았다.

서울 또는 수도권 소재의 학생은 일단 기본적으로 학당의 입학 대상이지만, 모든 학생이 학당에 다닐 수 있는 것은 아니었다. 전국으로 확대 운영하고 있는 현재에도 모든 학생을 품지는 못하는데, 주로 기술적인 문제 탓이었다.

학당을 비롯한 가상현실 자체에 적응하지 못하는 사람들이 있다. 가벼운 멀미 증세를 보이는 것부터 시작해서 심할 경우 광과민성 발작을 일으키는 등의 부작용이 있는 사람들은, '대항해시대의 재구현' 운운하며 다중현실의 장밋빛 전망을 내놓는 실제 세상으로부터 소외감을 느낄 수밖에 없다.

길거리를 도배하듯 장식한 가상의 이미지, 그리고 그것과 상호작용하며 웃고 떠드는 대다수의 고글 쓴 사람들 속에서 아무런 스마트 기능이 없는 안경을 쓰고 오도카니 서 있는 아이를 그린 유명한 삽화를 본 기억이 있는가? 나는 그것을 보고 어렸을 때 교과서에서 본 〈키오스크 앞 노인〉이라는 작품이 불쑥 떠올랐었다.

현금이 든 지갑을 들고 서서 음식 메뉴를 하릴없이 쳐다보는 노인의 굶주린 표정과, 앞서 말한 아이를 나는 아마 앞으로도 계속 떠올릴 듯싶다. 왜냐하면 우리 주변에는 언제나 '키오스크 앞 노인'과 '비스마트 안경을 쓴 아이' 들이 존재하기 때문이다.

그나마 어릴수록 가상현실에 대한 부작용이 발생할 가능성이 적다고는 하지만, 말 그대로 적은 것이지 없는 것은 아니다. 그리고 문제의 비닐봉지, 그러니까 하랑 누나의 경우는 좀 더 독특하다 할 수 있는데, 누나는 자폐증 진단을 받은 장애인이다.

자폐증을 비롯한 발달 장애가 가상현실 이용에 구체적으로 어떤 부작용을 일으킬 수 있는지는 여전히 합의되지 않고 있다. 이용 자체를 막는 것은 물론 아니다. 하지만 가상현실을 이용하는 과정에서, 극히 드물게, 그러나 분명히 발생할 수밖에 없는 부작용에 대해, 기업은 물론 사회 또한 손을 놓고 한 걸음 물러나버린다. 그러고는 자신들의 태도는 방관이 아니라면서, 부작용 또는 장애가 있음에도 부주의하게 제품을 이용한 사용자와 그 가족(보호자)에게 비난의 화살을 돌리고 만다.

그 후로 자행되는 여론 조작부터 최종적인 인격 말살까지의 과정은 어느덧 클리셰가 되어버렸을 지경이니 굳이 언급할 필요는 없을 것이다. 지금 하는 이야기가 그러한 사회적 부조리의 고발도 아니다.

나는 다만 하랑 누나의 이야기를 하는 것이고, 제피룸의 이야기를 하는 것이고, 그것은 또한 나의 이야기를 하는 것이기도 한데, 그 이야기에 어떤 사회적, 정치적 프레임이 씌워진다면 나는… 화가 날 것 같다.

물론 이러한 이야기가 사회적, 정치적으로 자유로울 수 없다는 것을 잘 안다. 그렇지만 나는 그냥 우리의 이야기를 하고 싶다. 그 과정에서, 앞서 언급한 장애와 기술의 배제 같은, 논란이 될 얘기가 나온다면, 나는 다만 말하고 싶다.

그것이 우리네 삶이라고.

하지만 본격적인 이야기를 하기 위해서는 우리의 이야기가 좀 더 나아가야 한다. 일단은 하랑 누나와 함께 사라진 나지율 개발자가 어떤 대화를 나눴는지부터 보면 어떨까.

이제부터 하는 이야기는 물론 내가 겪은 것이 아니다. 나지율 개발자와 하랑 누나로부터 전해 들은 내용을 재구성한 것임을 밝힌다. 우선은 나지율 개발자다.

"자, 내 말 들리니?"

나지율 개발자가 무릎을 굽혀 하랑 누나와 눈높이를 맞추고 물었다. 하랑 누나의 조그만 머리를 에워싸고 있는 헤드셋처럼 생긴 것을 처음 본 사람이라면 궁금할 수밖에 없다. 그러나 그것은 일반적인 용도의 헤드셋과는 다르다. 소음을 차단하면서도 어느 정도 대화는 가능한 특수 귀덮개다. 나도 하랑 누나만큼은 아니지만 청각이 예민한 편이라 하나 가지고 있는데 누나가 선물로 주었다. 나지율 개발자의 물음에 하랑 누나는 고개를 까딱까딱했다. 나지율 개발자는 그것으로 한숨 돌리고 다시 말했다.

"이름이… 잠깐, 너 하랑이니?"

나지율 개발자의 질문에 하랑 누나는 몸을 뒤로 빼면서도 적극적으로 대답했다.

"나의 이름은 장하랑입니다. 2025년 8월 9일 오전 10시 11분에 서울 관악구 봉천동 사백육십삼 다시 사 김정화산부인과에서 출생했지요."

하랑 누나와 처음 대화를 나누면 당황할 수밖에 없다. 나지율 개발자도 그랬다. 누나를 모르는 건 아니었지만, 직접 대화를 나눈 건 처음이었다. 하지만 그 당시 나지율 개발자에게 중요한 것은 자폐증이 있는 아이와의 대화가 일으키는 당혹감 정도가 아니었다.

자신이 제작한 세상에서 멋대로 법칙을 위반해 초자연적인 행동을 할 수 있었던 방법을 알아내야 했으니까 말이다. 심지어 그러한 재앙과도 같은 일을 전 세계가 지켜봤다. 당연히 학당의 안전이 의심받을 일이었고, 그 자체로 폐교 사유가 될 수 있었다. 학당의 안전에 대해서 생각하던 나지율 개발자가 돌연 표정이 굳어져서 뭔가를 하기 시작했다.

하랑 누나는 그것을 '창조'라고 표현했는데 실제로 나지율 개발자는 허공에서 장비를 소환했고, 그것으로 하랑 누나를 스캔했다. 그것에 달린 화면을 뚫어져라 노려보는 나지율 개발자의 눈빛은 하랑 누나의 할머니 눈빛 다음으로 무서운 것이었다는데, 이건 내가 보증할 수 있다.

다시 장비를 없앤 나지율 개발자가 하랑 누나를 옆쪽 소파에 앉히고 그 앞에 무릎 꿇었다.

"하랑아, 나… 아줌마 알지?"

하랑 누나는 또다시 적극적으로 나지율 개발자의 백과사전식 신상 정보를 줄줄이 읊었는데, 두 사람은 아는 사이였다. 나지율 개발자는 조금 더 마음을 놓고 하랑 누나 쪽으로 다가갔다. 그만큼 누나는 뒤로 몸을 뺐고. 나지율 개발자가 상냥하진 않지만 정중하게 물었다.

"네가 쓰고 있는 헬멧, 색깔이 뭐지?"

"생생한 녹색. 라임. 포드 그린. 샵영영에프에프영영."

내가 지급받은 헬멧은 국가 인증 마크가 찍힌 하얀색이었다. 그러니 그때 하랑 누나가 자기 방에서 쓰고 있던 헬멧은 정식으로 배포된 물건이 아니었다. 그 정도로 충분하다는 듯 나지율 개발자는 숨을 돌렸다. 그러고는 생각에 잠겨 손가락을 까딱거리며 눈동자를 기민하게 굴렸다. 그런 동작은 매우 '좋지 못한' 것이어서 하랑 누나는 버럭 소리를 쳤다.

"안 돼! 제발 그 손 좀 가만히 둬라! 원, 손가락을 묶어놓든지 해야지."

그러면서 몸을 좌우로 흔들어대는 하랑 누나를 움찔해서 쳐다보던 나지율 개발자는 머쓱하게 손을 숨기며 말했다.

"하랑아, 학당이 좋니?"

하랑 누나는 마치 이름이 그게 뭐냐는 듯 킥킥거리고는 말했다.

"좋니? 좋니? 좋아요. 좋아요."

"계속 다니고 싶지?"

"다니고 싶지? 다니고 싶지? 다니고 싶습니다."

"그런데 그럴 수 없어. 하랑이는 우리 학당 학생이 아니니까."

하랑 누나는 흥분하거나 대화가 뜻대로 되지 않으면 늘 그러듯 몸을 흔들고 팔을 날개처럼 퍼덕였다.

"하랑이, 학당에 입학하고 싶니?"

"입학하고 싶니? 입학하고 싶니? 네. 학당 좋아요."

"그러려면 하랑이가 해줘야 하는 일이 있어."

그리고 그 일을 하기 위해 두 사람은 다시 연단에 나타났다. 그냥 나타났다. 그 어떤 효과도 없이. 건이 선배와 카메라가 깜짝 놀라 넘어졌다. 나지율 개발자는 표정이랄 게 없는 기본 아바타 같은 얼굴로 그 둘을 한번 보고는 아까 연설하던 대로 앞쪽을 향해 담담하게 말했다.

“예기치 못한 사고가 있었습니다. 그러나 놀랄 일은 아닙니다. 이 아이가 사용하는 장비가 학당을 제작하던 당시 쓰였던 것이어서 그런 특수한 행동이 가능했을 뿐, 시스템의 오류나 허점은 없다는 사실을 분명하게 말씀드립니다.”

참으로 뻣뻣한 태도가 아닐 수 없었는데, 어딘가 모르게 익숙한 나지율 개발자의 말투에 나는 집중했다.

“이 아이는 모종의 사정으로 학당에 입학이 되지 않았습니다만, 어쨌거나 물의를 일으킨 점에 대해서는 변명의 여지가 없습니다. 그렇지?”

나지율 개발자가 여전히 한쪽 팔을 갈고리처럼 붙든 채 하랑 누나를 내려다봤다. 그러자 하랑 누나가 오리 울음소리 같은 목소리로 말했다.

“잘못했습니다. 잘못했습니다.”

그걸로 됐다는 듯 나지율 개발자는 다시 하랑 누나를 데리고 사라졌다. 웅성웅성 소리는 금세 뚝 끊겼다. 나지율 개발자가 다시 나타났기 때문이었다. 하지만 이번에는 혼자였다.

“여러분도 아시다시피 학당은 현재 시범 운영 중이고 올해로 2년 차를 맞이하여 그 범위를 수도권 전역으로 확대 적용하였습니다. 그러나 수도권의 학생 모두가 학당에 입학할 수는 없었습니다.

많이들 아시다시피 아직 가상현실 기술은 완벽하지 않

습니다. 그래서 아까 그 아이처럼 불가피하게 배제되는 사례가 없지 않죠. 일각에서는 이런 불완전한 기술에 우리 아이들을 맡길 수 있겠느냐고 묻습니다. 저는 그들에게 이렇게 되묻고 싶습니다. 그래서 이전의 교육은 안전했습니까?"

나지율 개발자는 잠시 허공을 노려보듯 보다가 말을 이었다.

"우리는 6년 전 그 일로 인해 지금 여기 있습니다."

그 순간 나는 가슴께가 뻐근해지는 것을 느꼈다. 단지 몇 마디의 말을 듣는 것만으로 공포를 느꼈다. 나만 그랬던 것이 아니라는 말을 구태여 덧붙일 필요가 있을까. 지금 이 이야기를 보는 당신도 그럴 텐데 말이다. 그러나 분명 그것은 이상한 일이기도 하다. 사건이 발생한 그때 나는 고작해야 초등학교 1학년일 뿐이었으니 말이다.

사실 그 사건에 대한 것은 고사하고 초등학교 1학년 생활 자체가 기억에 남은 것이 거의 없다. 그런데도 그 사건이 일어난 즈음의 공기를 나는, 내 몸은 기억했고 기억하고 있으며 기억할 것이다. 나지율 개발자의 얘기도 결국 그것이었다.

"교육은 그 무엇보다 앞서나가야 합니다. 물론 현실적인 어려움이 없는 것은 아닙니다. 앞서나간 교육으로부터 낙오되고 소외되고 배제되는 아이들은 어떻게 해야 할까요. 6년 전, 교육의 새로운 패러다임을 절실하게 꿈꾸며 저는 그것을 고민하지 않을 수 없었습니다. 저 또한 그런 소외된 자식이 있었기 때문입니다.

안타깝게도 시간은 그 아이를 데려갔지만, 우리는 다른 모든 아이를 안고 가야 합니다. 저는 작년 한 해 동안 재학생들의 활동 데이터를 통해 모든 아이를 안고 갈 방법을 찾기 위해 노력했습니다. 여전히 어려움이 있는 것이 사실입니다. 그러나 언제까지고 어려움을 피해만 갈 수는 없습니다.

오늘 우리 앞에 나타난 아이는 그러한 이야기를 우리에게 한 것이라고 생각합니다. 아직 완성되지는 않았지만, 필수적인 요소를 우선 갖춘 특수교육용 학급을 이른 시일 안에 추가하도록 하겠습니다. 그래서 최대한 많은 아이들과 함께 가도록 하겠습니다.

그러기 위해서는 여러분의 관심이 필요합니다. 우리의 미래에 현재를 선물해주시기를 바랍니다. 그럼 이만 학당의 두 번째 입학식을 마치겠습니다. 감사합니다."

결과적으로 나지율 개발자의 깜짝 연설은 대한민국을 들썩이게 했다. 나지율 개발자가 초능력자처럼 하늘을 걸어 올라가 하랑 누나와 함께 사라지는 장면은 하루도 안 돼서 조회수 1억을 달성하는 기염을 토했지만, 그 이후로 벌어진 일들에 비하면 예고편에 지나지 않았다.

사실 나지율 개발자가 학당 개발의 총괄을 맡은 것은 맞지만, 교육은 어디까지나 교육부 관할이었기 때문에 개발자가 하고 싶다고 할 수 있는 일은 분명 아니었다. 그런데 분열과 당파의 대명사나 다름없는 대한민국의 국민들이 (아주 일부를 제외하고) 한목소리로 특수교육을 위한 학급의 추가를 요구하자 맥 빠질 만큼 쉽게 승인이 떨어졌고, 정말로 학당에는 장애가 있는 아이들을 위한 특수학급이 생겼다. 물론 여전히 중증 장애 학생은 입학 대상이 되지 못했지만, 그런 아쉬움을 상쇄할 만큼 많은 수의 장애 학생이 학당에 추가 입학할 수 있었다.

그래서 우리는 모두 행복하게 살았습니다, 일까? 글쎄. 나는 그렇게 생각하지 않았다. 해피엔드는 결코 아니었다. 특수학급이 신설된 바로 다음 날 학당을 돌아다니며 나는 그렇게 생각할 수밖에 없었다.

처음에는 이상한 정도였다. 그리고 그러한 느낌은 점차 커져서 혼란이 되었다. 마침내 나는 씩씩거리며 제피룸 동아리방을 찾아갔다. 신호를 보내자 문이 열렸다. 건이 선배가 인사하려다 말고 나한테서 뒷걸음쳤다. 나는 그대로 안까지 들어가 노아 선배가 있는 원탁 앞에 앉아 따지듯 말했다.

"없어요."

건이 선배가 다가와 말없이 내 어깨를 잡았고 수리 선배는 저 안쪽에서 날 힐끔대고는 폰을 들여다볼 뿐이었다. 그리고 노아 선배는, 단발머리를 풀고 실끈을 손가락에 감기 시작했다. 나는 뭔가를 기다리다 다시 말했다.

"없다고요. 아무도. 추가 입학했다는 애들, 도대체 어디 있다는 거예요?"

"여기 있어."

수리 선배가 폰을 들고 안쪽에서 걸어 나왔다. 귀신 같은 모습이 아니었다. 긴 머리는 머리 위로 묶어 올렸고 눈에는 안경을 끼고 있었다. 알이 있는지 없는지 알 길이 없는 안경 너머로 수리 선배의 눈이 희번덕거렸다.

"또 한 명. 많긴 많네."

내가 참지 못하고 물었다.

"누가요?"

그러다 문득 비닐봉지를 떠올린 나는 얼른 주변을 살폈지만, 아무것도 없었다.

"여기 있어요?"

"어."

수리 선배가 단말기를 내려놓고 안경을 벗은 뒤 머리를 풀어 다시 귀신이 돼서 말했다.

"총 천칠백이십삼 명이야. 그중 다섯이 우리랑 특히 가깝고."

내가 다시 주변을 돌아보자 수리 선배가 버럭 소리를 질렀다.

"그렇게 해도 안 보여, 멍청아!"

"왜요?"

"우리 학당 동아리 가입한 학생 수가 몇인 줄 알아? 일만 하고도 오천구백삼십하나지. 그중 셋이 여기 있고, 나머지 일만 하고도 오천구백이십팔 명 중에서도 많은 애들이 지금 여기 있어. 또 다른 동아리방 복사본에. 너, 인던 알아? 뭐, 알 것 같이 생기지는 않았지만."

"그럼 특수학급 자체가 따로 있다는 말이에요? 바로 여기에?"

수리 선배가 올, 하며 건이 선배를 한번 보고는 대답했다.

"맞아."

"그럼 어떻게 만나요?"

"뭐, 권한만 있다면야."

나는 어딘가 대단히 꼬인 기분으로 씩씩거렸다. 그때의 내가 무슨 대단한 생각을 가지고 그랬던 것은 아니었다. 길다고 할 수는 없지만 아무튼 10년을 넘게 농인인 엄마와 살면서 느꼈던 크고 작은 배제의 기억들이 수면 아래 잠겨 있다 미끼가 뿌려지자 미친 듯이 수면 위로 튀어 오르는 기분을 느꼈기 때문이었다.

그 배제들은 하나하나 따지면 별것 아닌 것처럼 보일 수도 있다. 내가 생각해도 별거 아닌 그 사소한 것들이 그때는 유리로 된 가루처럼 여기저기 생채기를 내는 듯 느껴져서 감정을 주체할 수가 없었다.

"지금 네가 느끼는 거…."

노아 선배가 말했다.

"표현해. 제피룸에서."

나는 입학식 날의 제피룸을 떠올리고 움찔했다.

"안 할 거면 그냥 살아. 살던 대로 조용히."

나는 도전적으로 몸을 앞으로 했다.

"어떻게 하면 돼요? 가입 신청."

노아 선배는 머리를 묶기 시작했다.

2부 * 동아리 활동은 재밌어, 정말

6
시동이라고 불러주세요

우선은 동아리 가입 신청을 해야 했기에 나는 건이 선배를 따라 동아리방을 나섰다. 교무실로 간다고 생각하니 괜히 떨렸다. 건이 선배가 어떻게 내 상태를 간파하고는 별거 아니라고 주저리주저리 너스레를 떨었다. 복도에서 마주치는 학생들에게 일일이 인사하면서 말이다. 수리 선배가 약간 나사 풀린 로봇처럼 읊어댔던 시간 지연이 무슨 말인지 조금 실감할 수 있었다. 그리고 그 때문에 나의 긴장은 더해져만 갔다. 결국 참지 못한 나는 물었다.

"그냥 폰으로 신청하면 안 돼요? 단말기로요."

"되기는 하지만 그러려면 시간이 좀 걸려. 정식으로 신청을 받는 건 다음 주부터니까. 아니, 그다음 주인가? 그리고 그때 정식으로 신청하려면 네 담임선생님을 통해야 하는데, 제피룸에 가입하겠다고 하면 좀… 이상하게 보실 거야. 어쩌면 따로 불러서 이것저것 캐물을 수도 있고. 괜찮겠어?"

안 괜찮았다.

"걱정할 거 정말 요만큼도 없어. 우리 부 담당인 선생님이 워낙… 음, 뭐랄까. 착하시거든."

학당 내에서 공공연히 심부름센터로 통하는 동아리의 담당 교사가 어쨌거나 결국 착하다는 얘기는 아주 틀린 말은 아니었지만 그렇다고 정확한 말도 아니었다. 우리가 간 곳은 교무실이 아니었다. 홍문관이었다.

홍문관 입구 구석에 위치한 가림막 너머에서 사서 교사이자 제피룸 담당 교사인 이도 선생님은 정말이지 사람 좋은 얼굴을 한 채로 딱히 어딘가를 응시하는 것처럼은 안 느껴지게 앞을 보고 있었는데, 그 흐리멍덩함은 묘사하기에 지나치게 기묘해서, 설마 졸고 있는 건가 싶을 정도였다.

건이 선배가 '봤지?' 하듯 날 보고는 공손히 두 손을 모으고 헛기침을 했다. 이도 선생님이 느닷없이 자리에서 벌떡 일어나 소리쳤다.

"안 잤는데요."

가상현실 내에서 수면이 가능한지를 그때 이도 선생님 덕분에 처음 알았는데, 그것도 그거지만 홍문관에 있는 누구 하나 꿈쩍하지 않고 자기들만의 태평성대를 유지하는 것에 나는 놀랐다. 이도 선생님의 자리가 마치 투명한 가림막으로 유리된 별개의 세상 같았다. 이도 선생님도 굳이 저쪽 세상에 관심 두지 않고 건이 선배를 향해 친근한 미소를 보였다. 그러다 날 발견하고 멈칫했다.

"누구…?"

이번이 세 번째 만남인데 초면일 때와 조금도 다르지 않은 이도 선생님이 나로서는 조금 서운했다.

"신입생이에요. 곧 동아리 가입 시즌이잖아요."

"아, 벌써 시간이 그렇게… 근데 왜?"

건이 선배가 준비한 것을 실행에 옮기듯 이도 선생님 쪽으로 다가가 속삭였다.

"노아가 얠 찍었어요."

분명 나 때문에 속삭인 것은 아니었다. 그저 연극적인 효과, 일종의 수사학적인 행동일 뿐이었지만, 정작 입에서 나온 소리는 그렇게 대놓고 드러내면 곤란한 것이었다. 하지만 어디까지나 그건 내 문제였고, 선배가 기대한 효과가 먹혔는지 이도 선생님은 바로 캐비닛을 열어 종이를 한 장 꺼내 내 앞에 놓았다. 교내 동아리 가입 신청서였다. 내가 펜을 집어 들자 이도 선생님이 나지막하게 물었다.

"근데 여기가 뭐 하는 데인지는 아나?"

잘 알고 있다고 생각했고, 뭐, 융통성을 최대치로 발휘하면 내가 알고 있던 대로였다고 말할 수 있다. 하지만 괜히 사인을 망설이게 하는 말이었다.

내가 멈칫해서 건이 선배를 올려다보자 선배는 한결같은 얼굴로 날 바라만 봤다. 무슨 생각을 하는지는 몰라도 그리 적절한 반응은 아니었지 싶다. 꼭 이렇게 말하는 것처럼 보였기 때문이다.

'어서 와, 가상 지옥은 처음이지?'

나는 공란을 다 메우고 사인을 했다. 그것을 다시 캐비닛에 넣은 이도 선생님은 우리가 돌아서기도 전에 졸기 시작했다. 나는 홍문관 밖으로 나간 뒤에야 선배한테 물었다.

"저분, 선생님 맞죠?"

"그럼. 어렸을 때 폴 디랙이라는 이상한 사람을 너무 좋아해서 어쩌다 보니까 자기도 이상해졌다나 뭐라나."

폴 디랙이 누군지 모르고 들으면 수긍할 수도 있는 얘기였지만, 아마 농담이랍시고 했던 말일 것이다.

"그럼 이제 저도 제피룸 부원인 거죠?"

"정확히 언제 처리되는지는 알 수 없지만 어쨌든 우리끼리는 그런 셈이지."

건이 선배가 복도를 걷다 말고 우뚝 멈춰 서더니 정말이지 눈에 띄는 동작으로 날 향해 돌아서서 손을 내밀고 울림 있는 목소리로 말했다.

"제피룸에 들어온 걸 환영해."

하필이면 멈춰 선 곳이 아이들이 쉴 새 없이 지나다니는 중앙 계단 쪽이어서 졸지에 나는 공식적인 '2호 따까리'로 낙인 찍히고 말았다(개인적으로는 '시동'이라는 표현을 그나마 선호하지만 수리 선배에게 나는 그저 따까리일 뿐이었다. 건이 선배는 딱총이었고). 2호 따까리로서, 제피룸 부원으로서 그 이후의 시간은, 앞으로 할 이야기를 제외하더라도 평범하지 않고 힘에 부칠 때도 잦았다. 하지만 뜻깊었다. 그거면 된 것 아닐까.

아, 그리고 물론 나의 첫 동아리 활동은 재밌기도 했다. 내 입으로 말하기는 좀 쑥스럽지만 특히 제피룸 소셜미디어 계정을 운영하며 학당에서 벌어지는 소소한 (따까리로서의) 일상을 공유하고 생각을 전달하는 일은 딱 나의 천직이었다.

마음 같아서는 그중 흥미로운 일들을 선보이고 싶으나 그렇게 되면 이야기가 딴 길로 새버리고 말 것이다. 이 이야기, 그리고 이 이야기를 하는 나와 그걸 보는 여러분께 무엇보다 의미 있는 것은 다름 아닌 유리된 채 보이지 않는 또 다른 세상에 대한 이야기일 테니 말이다.

나는 제피룸의 소셜미디어 계정을 운영하는 역할을 맡은 날부터, 노아 선배의 지휘 아래 보이지 않는 특수학급 아이들에 관해 이야기하기 시작했다. 수리 선배가 우리가 하는 대화를 (빅시스터처럼 엿)듣다가 꿈에서나 볼 법한 심란한 모습으로 지나가면서 이렇게 중얼거렸다.

"완전 슈뢰딩거의 아이들이야. 가상현실이라는 미시 세계에서 확률적으로 존재하면서도 존재하지 않는. 그리고 신입, 우리 노아한테서 떨어져. 확률적으로 존재하고 싶지 않으면."

나는 얼른 노아 선배로부터 확률적 거리 두기를 시행한 뒤 슈뢰딩거와 그의 아이들…이 아닌 고양이에 대해 검색해봤다. 글쎄, 양자역학이라든지 코펜하겐 해석 같은 것은 물론, 그 이론과 지지자들을 '디스'하기 위해 에르빈 루돌프 요제프 알렉산더 슈뢰딩거가 고안한 사고 실험인 '슈뢰딩거의 고양이'에 대해, 그때의 나는 말할 것도 없고 지금의 나 또한 감히 뭐라 말할 수 있는 형편은 못 된다.

다만, 문제의 그 고양이가 처한 상황은 무언가 생각할 거리를 던져주지 않나 싶은데, 세상으로부터 철저히 유리된 폐공간에서 생과 사조차 외부의 타인이 관여해주지 않으면 결정되지 않는 존재란 그 얼마나 쓸쓸하고 덧없는가.

그런 측면에서 보이지 않는 아이들은 유사한 감정을 이끌어내기에 슈뢰딩거의 아이들처럼 여겨졌다. 그래서 내가 수리 선배의 말에 동의를 표하며 표제로 삼는 건 어떨지 묻자 노아 선배는 단칼에 잘랐다.

"그 애들은 확률적으로 존재하는 것도 아니고, 존재하지 않는 건 더더욱 아니야. 우리가 보지 않고 있을 뿐이지."

다시 '악몽적인' 모습으로 사라져가던 수리 선배는 "그냥 떠올라서 말한 것뿐인데…." 하고 중얼거리더니 놀랍게도 두 눈에 눈물을 그렁그렁 담아서 날 죽일 기세로 노려봤다.

그날 밤 나는 실제로 악몽을 꾸고 소리를 지르며 잠에서 깼다. 그 소리에 반응해 집 안 곳곳에 설치된 장치에서 빛이 반짝이는 바람에 엄마가 놀라서 내 방으로 달려왔고, 내가 악몽을 꿨다고 말하자 엄마는 잔뜩 상기된 얼굴로 안도하더니 그것으로 부족하다는 듯 내 머리에 꿀밤을 먹였다.

혹시라도 밤중에 무슨 일이 벌어질까 봐 잠 못 자고 내 상태를 확인하던 옛 시절이 떠올라 심장이 덜컥한 모양이었다. 나는 엄마를 방까지 데리고 가 잠들 때까지 곁에 있다가 내 방으로 돌아갔지만 다시 잠들지 못했고, 결국 다음 날 컨디션 난조로 시스템의 권고를 받아 조퇴까지 하게 됐다. 수리 선배는 그 정도로 살벌했다.

제피룸의 아젠다 키핑 작전은 나름 효과를 내 유리되어 있는 특수학급에 대한 관심을 끌어내는 듯했다. 하지만 그게 고작이었다. 학당에서는 제피룸에 특별상을 수여했지만 그건 우리를 부끄럽게 만들 뿐이었다.

이대로는 안 된다는 생각이 제피룸 동아리방에 가득 차 금방이라도 폭발할 것 같았다. 수상을 포기한 날 점심시간에 밥도 먹지 않고 모여서 우리는 대안을 마련했다. 노아 선배가 팽팽하게 실끈을 당기며 생각에 잠겨 있는 동안 수리 선배가 말문을 열었다.

"정공법으로 가자. 우리 식대로."

맞은편에서 건이 선배가 선배답지 않게 비아냥댔다.

"흥. 결국 애들 찾아다니면서 뒤치다꺼리하자는 거잖아."

그러면 둘의 대화는 언제나 똑같은 전개를 취했다. 수리 선배는 건이 선배의 "뻐기는" 태도를 지적하고, 건이 선배는 수리 선배의 "공상과학적인" 계획을 공격하는 식이었다. 그 말은 SF 마니아인 수리 선배의 '버튼'을 누르는 가장 확실한 방법이라는 측면에서 적확한 표현이었다. 그리고 실제로 수리 선배가 꾸미는 것들은 묘하게 'Science Fiction'적이기는 했다.

이를테면 제피룸의 창단 목적 자체가 그랬다. 가상현실 학교의 사이버 보안을 책임지겠다니. 실제로 건이 선배가 대표적으로 하는 일이란 사이버 보안과는 좀처럼 연관성을 찾기 어려운 것들뿐이었지만, 수리 선배의 신념에 가까운 고집은 어지간해선 꺾을 수 없었다. 당연히 앞으로의 계획 또한 수리 선배의 'Sci-fi'적인 신념을 기반으로 세워졌음은 말할 필요도 없다.

"잘 들어."

구석에서 화이트보드를 가지고 와서 수리 선배가 말했다. 다행히 머리를 사극에 나오는 죄인처럼 틀어 올리고 안경을 쓴 채여서 나는 집중할 수 있었다.

"우리가 뭐야, 제피룸이야. 너, 신입, 제피룸이 뭔지 알아?"

제피룸의 팬이라 할 수 있는 나는 물론 알고 있었다.

"제로죠. 숫자 영. 그리스어던가요?"

"땡. 라틴어야. 하지만 나쁘지 않군. 정확히는 제피-리움이지만 어쨌든. 그렇다면 심화 문제. 왜 제로일까?"

소셜미디어 계정에 올라온 내용 외에는 당연히 몰랐기에 나는 대답하지 않았다.

"한심하군. 너 제로데이 익스플로잇 몰라?"

건이 선배가 나서주지 않았다면 마음의 상처로 남았을지도 모른다.

"얘가 마수리 너 같은 오타쿠인 줄 알아?"

"넌 가서 혼인이나 해, 이 태조 왕건 놈아!"

둘이 또 한바탕 해대는 동안 정리를 하자면, 제로데이 익스플로잇(공격)이란 컴퓨터 보안 용어로서, 시스템의 취약점이 공개된 시점(제로데이)으로부터 그것이 보완되기 전에 이루어지는 사이버 공격을 뜻한다…고 한다. 그래서 그것이 학당의 비공식 심부름센터와 구체적으로 어떤 상관관계가 있는지 의문이 제기될 여지가 다분하지만, 그리 중요한 것은 아니니 넘어가도록 하자.

"우리는 학당의 보안부야. 당연히 컴퓨터공학적인 관점으로 접근해야 하는 거지."

수리 선배가 화이트보드에 투명한 필름을 하나 붙였다.

"이건 학당 지도야."

그리고 또 하나를 그 위에 붙였다.

"이건, 학당 지도야. '특수'한 학당 말이야."

수리 선배가 손가락으로 허공에 큰따옴표를 그리며 비아냥하듯 말했다.

"자, 신입, 이것이 뜻하는 바는?"

나는 불현듯 내가 숨긴 비밀의 방을 떠올리고 대답했다.

"같은 좌표상에 있다?"

수리 선배는 네가 그걸 왜 아느냐는 듯 표정을 구겼고, 건이 선배는 그 모습을 사진에 담았다. 대번에 난리가 벌어질 타이밍이었지만, 수리 선배는 그저 당황해서 건이 선배의 기습 공격을 미처 알아채지 못하고 중얼거렸다.

"뭐, 제피룸 부원으로서 가능성이 있어…. 아니, 당연한 거야…. 암튼, 그래, 이 두 개의 공간은 같은 좌표상에 있어. 엄연히 메모리 속 절대주소는 다르지만, 변수적으로 매우 유사한 상태에서 존재하고 있지. 질문?"

뭔 소린지 지금도 모르겠지만, 나는 가만히 있었다. 그게 심기를 거스른 모양인지 수리 선배가 또다시 얼굴을 구겼고, 카메라 플래시가 터졌다.

"전자공학으로 넘어가는 순간부터 양자역학의 세상이 시작되지. 영화에서 본 황당무계한 설정은 분명 이해를 돕는 데 무시 못 할 역할을 하지만 딱 거기까지야. 그 세상은 인간의 정신머리로는 도저히 감당할 수 없어. 대환장 파티

나 다름없는 그 세상 속에서 이렇게 지금 여기 우리가 모여 대화를 나누고 있다는 건 그야말로 통계학적 기적이야. 무슨 말인지 알겠어?"

건이 선배가 끼어들었다.

"그래서 뭐 어쩌라는 건데? 애들 심부름이나 하라고?"

"네놈 입에서 모처럼 진실이 나오다니 궁예가 미래를 예견할 일이로다!"

수리 선배가 정말이지 화색이 돼서 건이 선배를 쳐다봤고, 그래서 건이 선배는… 얼굴을 붉혔다.

"우리가 예측한 범위를 좀 많이 벗어나기는 하지만, 어쨌거나 우리가 하는 일은 다 보안과 관련된 일이야."

이번에는 하얀 종이가 척하고 화이트보드에 붙었다.

"제보다. 진실된 제보라고. 2학년 파-6반 민이나로부터 제보된 내용에 따르면 그 애가 대여한 홍문관의 개인 사물함에서 자꾸만 물건이 사라지거나 넣은 적 없는 물건이 들어 있대. 의미심장한 일이지. '개인' 사물함에 '구멍'이 있는 것도 아니고 물건이 사라지고 생겨나다니."

그러자 건이 선배가 진중한 얼굴로 말했다.

"그건 학당 고객센터에 접수해야지. 우리가 그런 걸 해결할 수는 없잖아?"

"딱하구나. 저 머리로 앞으로 특이점의 시대를 어떻게 살아남을 수 있을까."

"그거 욕이지."

"뭐, 꼭 그렇다고 볼 수만은 없는 게, 사실 우리 일이 되기에는 전문적이긴 하지. 아주 약간. 제보자도 그걸 모르지는 않는 것 같고 말이야. 어차피 우리가 할 수 있는 일이라고는 대신 고객센터에 신고해주는 것뿐이라고 했는데, 그래도 해달래. 여기서 바로 너의 진가가 발휘되는 것이다, 이 딱한 친구야. 그렇게 고객센터로 빠질 일들이 널 한 번이라도 '직접' 보고 싶은 슬픈 것들로 인해 이 제피룸을 거치게 되고 최종적으로는 이 허수리 님의 레이더망에 잡히는 거지."

수리 선배의 사악한 웃음에 건이 선배는 물론이고 나까지 몸서리치지 않을 수 없었다. 오직 노아 선배만이 태연하게 머리를 묶을 뿐이었다. 수리 선배가 제보 내용을 모두에게 전송했다.

"뭐 하고 뭉그적거리고 있어. 냉큼 뛰어가. 가서 모든 걸 알아와. 왕건은 제보자의 마음을 위로하고 신입은 보고서를 작성한다. 그 어느 때보다 철저해야 할 것이야."

건이 선배와 나는 악마의 웃음소리로부터 도망쳐 나왔다. 동아리방이 있는 복도를 적막에 잠겨 걸었는데, 누가 먼저랄 것도 없이 우리는 웃었다. 그 정도로는 아쉽다는 듯 건이 선배가 폰을 꺼내 들여다보더니 또다시 푸하하 웃고는 나한테 보였다.

폰 속의 사진은 내 대답을 듣고 벌레 씹은 표정을 짓는 수리 선배의 모습이었는데 한눈에 보고 웃음을 터뜨렸다가, 문득 그 순간을 애정 어린 마음으로 사진에 담는 누군가를 떠올리게 됐다. 그 누군가가 내 옆에서 애처럼 들떠서 활기차게 이야기했다.

"정말 훌륭한 B컷이지 않아? 아니다, 이 정도면 그냥 A컷이야. 크게 프린트해서 벽에 붙여놓으면 우울해질 새가 없겠어. 걔가 평소엔 무슨 비디오테이프 속에나 사는 귀신 같기는 해도 가만 보면 번득이는 뭔가로 빛나는 애거든. 이거야말로 그 정수야. 내 인생 최고의 작품이 될 거야. 그러고 보니까 다 네 덕분이잖아? 고마워, 신입."

"그래서 그런가?"

나는 미소 지으며 팔짱을 꼈다.

"선배, 평소에는 좀 의아할 만큼 의젓하거든요. 근데 수리 선배랑만 있으면 초딩이 되는 거 같아요."

"너, 꽤 자주 우리 관계를 잊는 것 같아."

그렇게 말하며 건이 선배가 전에 본 적 없는 서늘한 표정을 지었는데, 선배가 아홉 살 때 연기한 사이코패스 역할에 다시 빙의했던 그 순간은 지금도 떠올리면 움찔하곤 한다. 그게 연기인지는 몰랐지만, 그 행동의 숨은 뜻을 파악하는 것은 어렵지 않았다. 수리 선배한테 말하면 안 된다는 거였다.

홍문관에 도착한 우리는(이도 선생님은 졸고 있었다) 민이나라는 제보자에게 연락을 보냈다. 그런데 반응이 없었다. 어떻게 해야 하나, 이대로 돌아가면 반짝반짝 빛이 나는 악마한테 무슨 말을 듣게 될지 걱정을 할 즈음, 민이나로부터 답장이 왔다.

'정말로 건 님이 맞나요?'

의미 없는 질문이었지만 건이 선배가 그렇다고 답하면서 홍문관 실내를 배경으로 셀카를 찍어 보냈다. 그 순간 어디선가 진동이 느껴졌다. 이게 무슨 느낌이지, 하고 의아할 새도 없이 학생들이 홍문관 안으로 쏟아져 들어왔다.

잠깐 이쯤에서 내가 그때까지도 건이 선배가 유명한 배우임을 모르고 있었다는 사실을 다시 한 번 언급할 필요가 있을 것 같다. 건이 선배는 그냥 한눈에 봐도 남다른 외모를 자랑하기 때문에 굳이 연예계 쪽을 결부시키지 않더라도 아이들의 반응을 납득할 수 있었다는 변명을 또한 덧붙인다. 하지만 이때 처음으로 내가 뭔가를 한참 잘못 생각하고 있었을지도 모르겠다는 막연한 감이 왔다.

홍문관은 그야말로 작은 팬 미팅장 그 자체였다. 우리(엄밀히는 건이 선배)를 에워싼 학생들이 있는 힘껏 소리를 질러 대며 플래카드를 흔들었다. "건이 오빠!" "건이 형!" 나는 깜짝 놀라 몸을 움츠렸다가 뒤늦게 감각 설정을 떠올리고 폰을 꺼내 청각 기능을 줄였다. 이명이 남는 듯했고 왠지 멍한 것도 같았다. 그러다 소리가 완전히 사라지자 엄마가 생각났다.

나라는 존재는 그 당시 그곳을 이루는 전자 하나만큼의 존재감도 없었기에 지극히 자연스럽게 도태되어 뒤로 뒤로 밀려났는데 정신을 차리고 보니 어느새 이도 선생님 곁이었다. 선생님은 황망한 눈으로 다만 이렇게 말했다.

"여기서 저러면 안 되는데…."

건이 선배가 미소를 유지하며 학생들을 진정시키고 뭐라고 말했다. 그러자 한 학생이 뭔가를 들고 선배 쪽으로 걸어나갔다. 나는 조심스레 다시 소리를 높이고는 됐다 싶어 상황을 기록하기 위해 폰의 녹화 기능을 활성화했다. 그 순간 모두의 시선이 내게 집중됐는데(심지어 이도 선생님은 여기서 그러면 안 되는데, 하고 다시 웅얼거렸다), 학당에서 녹화 기능을 사용하는 사람한테는 눈에 띄는 표시가 붙기 때문이었다. 건이 선배는 날 한번 돌아보고는 그 학생에게 말했다.

"민이나 님? 사물함이 이상하다고 했죠?"

제보자는 대충 홍문관 한편에 비치된 사물함을 가리키고는 들고 있던 상자를 내밀었다. 다시 한 번 홍문관이 환호성으로 들썩거렸다. 나는 정신이 혼미한 와중에 사물함이 있는 곳으로 가서 제보자의 이름을 찾아 헤맸다.

겨우 발견했지만 접근 권한이 없었고, 그것은 비단 사물함에만 적용되는 이야기는 아니었다. 지금 여기 홍문관 전체가 나한테는 허락되지 않는 곳이나 다름없었다. 권한 너머에서 민이나가 말했다.

"제가 만들었어요. 이런 데서 만드는 건 처음이라 좀 이상하긴 하지만, 그래도 마음만큼은 진심이에요."

"저, 우리가 저기 안을 확인해야 대신 접수할 수가 있거든요. 문 좀 열어주시면…."

제보자는 부끄러워하면서 순식간에 달려와 사물함을 열고는 다시 건이 선배 곁으로 갔다. 결국 나머지는 내 몫이었다. 2호가 되었음을 실감하며 나는 사물함 안을 확인했다.

"아무것도 없는데요?"

내 말은 제보자에게 가 닿지 않는 듯했다. 익숙한 외로움이 가슴을 채웠다.

"아무것도 없대요."

건이 선배가 말하자 제보자는 몸을 꼬았다.

"청소 싹 해놨죠. 건 님이 보실 건데."

"그러면 문제가 뭔지 알 수가 없는데…."

"아무거나 넣고 닫아봐요. 운 좋으면 사라질 테니까. 아니, 운이 나쁘면."

건이 선배가 인질 같은 애절함으로 날 보았다. 나는 별 생각 없이 들고 있던 폰을 사물함에 집어넣고 문을 닫았다.

그러고는 이제 어떻게 하느냐고 제보자 쪽을 봤지만, 그쪽은 다시 팬 미팅이 한창이었다.

나는 구석에 서서 저들의 행복한 시간을 지켜보며 처음으로 건이 선배의 정체에 대해 궁금해하는 아둔한 짓을 하고 있었다.

그러다 심심해서 사물함을 열어보고는 멈칫했다. 폰은 온데간데없고 웬 크레파스 같은 것이 하나 달랑 놓여 있었다.

자세히 보니 그것은 파스텔이었다. 아주 파아란.

7

파격 승진

동아리방으로 돌아간 우리는 벌서듯 서서 수리 선배의 히스테릭한 웃음소리를 들어야 했다. 나는 파란색 파스텔을 쥐고서 몸을 떨었고 건이 선배는 쥐가 난 것처럼 오른쪽 다리를 구부렸다 폈다 했다. 수리 선배가 말했다.

"아니, 정말이지 납득이 안 되네, 납득이."

건이 선배가 수리 선배의 반짝임에 그만 눈치를 상실했는지 실없는 소리를 했다.

"어, 그거 조정석 선생님 옛 유행어인데."

"네 지금 꼴 유행시켜줘?"

건이 선배는 눈치를 되찾는 기적을 경험했다. 그래서 내 차례가 아니었나 싶다. 내가 손에 쥐고 있던 파란색 파스텔을 쳐들고 외쳤던 것이다.

“하지만 여기 증거가 있어요. 나쁘지 않은 거래였다고 생각합니다.”

“그게 어떻게 증거가 되는데?”

나는 당연하다는 듯 답했다.

“폰이 사라지고 이게 생겼잖아요.”

“어떻게?”

수리 선배가 윽박지르듯 말했고, 나로서는 주눅이 들지언정 할 말이 없지는 않았다.

“무슨 말인지는 알겠는데요, 폰이 있었다고 해도 그 순간을 녹화할 수는 없었을 거예요. 사물함 문이 닫혀 있었으니까요.”

나는 나름 호기롭게 말했지만 왜인지 수리 선배는 제 이마를 탁 소리 나게 쳤다.

“딱한 놈이 여기 또 있었네. 어디 20년대에서 오셨어요? 그 녹화가 그 녹화가 아니잖아!”

수리 선배가 슬픔 가득한 얼굴로 노아 선배를 쳐다보며 말을 이었다.

“우린 글렀어. 노아, 네 꿈을 실현하기엔 스펙이 달려도 한참은 달린다고.”

하지만 노아 선배는 그냥 실끈을 가지고 뭔가를 할 듯 말 듯할 뿐이었기에 결국 수리 선배는 체념한 듯 설명했다.

"학당에서 괜히 아날로그 감성 폭발해서 폰에 녹화 기능을 집어넣은 게 아니야, 이 딱한 것아."

"그럼?"

내가 아니라 건이 선배가 한 말이었고 수리 선배 이마에서 또 한 번 소리가 울려 퍼졌다.

"신입 잰 신입이니까 그렇다 치고, 왕건 넌 1학년 다시 해야겠다. 도대체 1년 동안 뭘 배운 거야? 결론부터 말하면 그 기능은 촬영이라기보단 블랙박스 기록에 가까워. 그것도 자동차 말고 비행기에 있는 것 같은 특수한! 단순히 영상을 녹화하는 게 아니라 상황 전체를 기록하는 거다 이 거야."

"그걸 언다 쓰라고?"

"비행기 블랙박스를 승객이 쓰냐? 사고 나면 제조사에서 쓰지."

"어차피 여긴 그 자체가 블랙박스 같은 곳 아니야? 왜 기록을 하는 별개의 장비가 필요한 건데? 나만 이해 안 되는 거야?"

건이 선배가 노아 선배와 날 쳐다봤고 나는 고개를 끄덕였다. 건이 선배 말에 일리와 승산이 있었다.

오산이었다.

"늘 그렇듯 권리가 문제지. 학당은 네 말처럼 모든 것을 기록할 수 없어. 사생활이 침해되니까. 그렇다고 정말 기록을 안 했다가 사고라도 나면 어쩌고? 뭐, 여기에서 사고가 나 봐야 사물함에서 물건이 사라지는 정도겠지만, 어쨌든 개발자 입장에서는 그런 걸 고쳐야 하는데 데이터가 없으면 곤란하잖아. 그럴 때 쓰라고 주는 거야. 사용자의 의지로 녹화한 데이터에 한해 사용할 권리를 얻는 거라고."

"도대체 수리 넌 그런 걸 다 어떻게 아는 거야?"

"학당 매뉴얼에 다 쓰여 있다, 이 딱한 놈아!"

학당 헬멧과 함께 들어 있던 그 백과사전 같은 것을 수리 선배는 숙지하고 있던 거였다. 나는 호기심에 몇 페이지 읽어보다가 말았다. 하지만 매뉴얼이라는 게 대개 없어도 그만인 것이 아닌가. 아닌가?

"그래서 너는 그 특수한 기록물을 읽을 수 있다는 거야?"

"내가 필요한 정보를 파악하는 정도는 어차피 데이터를 읽는 건 프로그램이 하는 거니까."

내가 정신줄을 놓칠 것 같은 그 순간 노아 선배가 자리에서 일어났다. 어느새 머리를 묶고 있었는데, 그 모습은 어느덧 마음에 안정을 가져다주는 일종의 신호가 된 것 같았다.

"수리, 저 파스텔 해부할 수 있어?"

"개인 소지품이면 권한이 없어서 못 해."

"일단 해보고, 넌 폰 새로 신청하고, 그리고 건이 너는… 저것 좀 가지고 나가고."

노아 선배가 가리킨 것은 파-6반의 제보자가 건넨 것으로 건이 선배의 모습을 본뜬 액션 피규어였는데, 코딩을 잘못했는지 춤을 추다 버그에 걸려 괴상한 동작을 반복해서 보는 사람의 마음을 심란하게 하고 있었다.

*

개인 단말기를 새로 신청하는 일은 생각보다 너무 까다로웠다. 그냥 서버 어딘가로 빠져버린 폰을 추적해 가져오거나 아예 삭제하고 새로 하나 만들어주면 될 것 같았지만, 나와 선배들이 간과한 것은 우리가 있는 곳이 다름 아닌 공립학교라는 사실이었다.

나는 우선 담임 선생님과 학생주임 선생님, 그리고 학교 업무와는 조금도 관련 없어 보이는 관련자 한 명이 보는 앞에서 '단말기'를 분실하게 된 경위에 대해 진술해야 했다. 그 과정에서 건이 선배와 그날 홍문관 팬 미팅에 참석했던 2학년 파-6반 학생들, 그리고 사서 교사이자 제피룸 담당 교사 이도 선생님이 추가로 호출돼 관련 조사를 받았다. 그날 이후 나는 2호 따까리에서 1호 분실자로 파격적인 승진을 하게 되었다.

그게 끝이 아니었다. 수리 선배가 상을 받았다! 단말기에 대한 경각심을 가져야 한다며 내 사례를 가지고 쓴 동아리 활동 보고서가 채택된 것이었다.

안경을 쓰고 단상 위에 오른 수리 선배는 모든 영광을 딱하디딱한 1호 분실자에게 돌리고는 난데없이 복장 자율화의 필요성을 부르짖다가 강제로 퇴장당했다. 그러고 내려오는 수리 선배는 정말 빛이 나긴 했다. 광기도 빛이라 할 수 있다면 말이다.

(놀랍게도 이제야) 마지막으로 보호자의 동의를 요구받았다. 나는 귀를 의심하지 않을 수 없었다.

"뭘 받아 오라고요?"

담임 선생님이 내가 정말 못 들은 줄 알고 조금 천천히 다시 말했다.

"보호자 동의 영상 말이야. 헬멧이랑 같이 들어 있는 작은 콘솔 있지? 그걸로 영상을 찍을 수 있는데 헬멧을 수령할 때 등록된 보호자의 동의를 찍으면 돼. 어렵지 않지?"

당연히 어렵지 않았다. 하지만….

"그냥 사인받아 오면 안 돼요?"

담임 선생님이 묘한 미소를 지으며 말했다.

"사인 위조의 위험이 있다네. 어쩌겠니. 번거로워도 절차대로 따라야지. 알겠지만 나도 이런 일이 처음이라."

담임 선생님이 날 비난한 것은 아니었지만, 그래도 나는 서운했다. 하지만 할 말이 없었다. 그저 당혹스러웠다. 꼭 방심하고 있다가 뒤통수를 세게 얻어맞은 것처럼 아팠고 아픔보다 더 큰 수치심을 맛봤다.

나는 그저 이럴 때면 늘 그러듯 멍청히 서서 땅바닥만 보며 입술을 깨물었다. 상반된 두 생각이 내 머릿속에서 치고받고 싸우느라 제대로 된 생각을 할 수가 없었다.

처음에는 그냥 가서 엄마의 모습을 있는 그대로 담아오면 된다는 생각이 칼자루를 쥐고 있다. 사실 엄마가 말하는 모습은 정말이지 반짝반짝 빛이 난다. 두 팔이 오케스트라를 지휘하듯 힘 있게 움직이는 동시에 손과 손가락은 그와 대조적인 세심함을 뽐내듯 팔랑거린다.

어디 그뿐인가. 손에 맞춰 격렬하고 동시에 미세하게 변화하는 표정은 그 자체가 하나의 영화와 같다. 엄마는 물론이고 우리와 가까운 사람들은 내게 말하곤 했다. 엄마를, 소리 내 말하지 않는 것을, 농을 부끄러워하지 말라고. 기저귀 차던 시절부터 들어온 그 말이 지금의 나를 만들었다.

그리고 나는 정말로 엄마가 부끄럽지 않다. 부끄러운 건 따로 있었다. 엄마가 수어로 말하는 장면을 찍어 오면 그걸 보고 담임 선생님이 보일 반응이, 그러면 우리 엄마는 농인이라고 자부심 있는 태도로 설명하지 않으면 죄책감을 느껴야 하는 나 자신이, 과거에 비하면 많이 나아졌다는데 여전히 나에게 이러한 고통을 안기는 사회가, 나는 부끄럽기 짝이 없었다.

"시현아?"

담임 선생님이 사려 깊은 얼굴로 날 보았다. 엄마의 말을 보고 당혹감에 젖을 얼굴을 떠올리지 않으려 애쓰며, 착한 아이 가면을 쓰고 내가 대답했다.

"아, 죄송해요. 그 콘솔이란 게 있던가 생각하느라고…."

담임 선생님이 안도의 미소를 짓다가 경직돼서 말했다.

"그것까지 없으면 일이 좀 커질 텐데…."

그렇다. 나는 1호 분실자였다. 앞으로 가상 학교 시스템 자체가 없어지지 않는 한 나는 언제까지나 1호 분실자일 것이다. 이 영광을 제피룸의 부원 전원에게 돌리고 싶다.

수업이 끝나고 나는 헬멧이 들어 있던 상자를 뒤졌다. 수리 선배가 말한 매뉴얼과 헬멧을 충전하는 데 쓰는 거치형 충전기 말고는 아무것도 없어서 솔직히 식겁했다. 얼른 매뉴얼을 뒤졌고, 보조 콘솔이라는 장치가 헬멧 안쪽 홈에 부착되어 있다는 것을 확인하고 안도의 한숨을 내쉬었다.

그러나 아직 남은 산이 하나 있었다. 나는 콘솔을 가지고 거실로 나갔다. 엄마는 고글과 컨트롤러를 쥐고 작업 중이었다. 엄마의 또 다른 작품이 궁금했지만 지금 중요한 건 어떻게 혼나지 않고 동의를 받는가였다. 어쩌면 동의 자체를 해주지 않을지도 모른다는 생각이 들어 몸서리를 치고 말았다. 엄마는 체벌에 있어 다소 보수적인 타입이었다.

'엄마, 바빠?'

메시지를 보내자 엄마가 고글을 쓴 채 표정으로 답했다.

'왜?'

내가 무슨 말을 할지 고민하는데 엄마가 고글을 벗고 빛에 적응하느라 잠시 눈을 찌푸리며 날 보았다. 나는 재빨리 엄마 앞으로 갔고 이야기를 시작했다. 내가 동아리에 들어갔고, 그곳 활동을 하다가 폰을 분실했으며, 다시 지급 받기 위해서는 보호자의 동의를 영상으로 찍어 가야 한다는 이야기를 내 눈을 바라보며 듣던 엄마는 잠시 가만히 있었다. 긴장하고 있던 내게 엄마는 말했다.

"번거롭네."

그러고는 내가 든 콘솔을 향해 오른쪽 집게손가락을 관자놀이에 댔다가 다른 쪽 집게손가락과 마주 대며 동의를 표했다. 나는 방으로 돌아와 그 짧은 한마디를 보고 또 봤다. 그것은 수어라고 할 수 없었다. 잘못된 수어와 같았다.

수어를 할 때는 눈썹이나 입 모양 등의 표정 변화가 손 동작만큼 중요하지만, 그 못지않게 중요한 것이 또 있다. 바로 눈 맞춤이다. 눈과 눈이 맞닿는 순간 서로 다른 두 채널이 연결되어 의미가 전달되는 것이다. 그것을 결코 가볍게 여길 수 없다.

엄마는 화면 너머의 나를 보고 있지 않았다. 카메라를 들고 있는 자신의 아이만을 바라보고 있었다. 하고 싶은 말이 있는 눈빛으로. 그것이 무엇인지 정확히 알 수는 없지만, 왠지 나는 알 것도 같았고, 그래서 이후에도 그때 왜 나를 그런 눈으로 쳐다봤는지, 내게 무슨 말을 하고 싶어 했는지 묻지 않았다.

그날 나는 엄마가 거실에서 작업하는 것을 보면서 많이 울었다.

8

태생적 오류

그렇게 내가 다시 폰을 지급 받은 뒤에 제피룸은, 정확히는 1호 딱총과 2호 따까리는 학당 전역에 로그 지문을 남기고 돌아다니며 제보자를 만나 학당 내 이상 현상을 찾아 헤맸다.

이상 현상은 아주 사소한 디자인 결함(엄마의 흔적도 물론 포함돼 있었는데 기분이 좀 묘했다)에서부터 수리 선배가 '사물함 웜홀'이라 명명한 것에 버금가는 버그에 이르기까지 다양한 스펙트럼으로 우리를 기다리고 있었다. 사물함 웜홀급 제보가 분명 적지는 않았지만, 다 고만고만하다는 게 문제였다.

그나마 한 제보는 뭔가 실마리를 제공할 것처럼 보였다.

홍문관을 둘러싼 돌담길을 따라 한 바퀴 돌고 나면 자신의 의지와 상관없이 채널이 변경된다는 제보였다. 실제로 건이 선배와 내가 그 길을 따라 걸어보니 홍문관의 9시 또는 10시 방향 즈음에서 채널이 변경되는 것을 확인할 수 있었고, 그 발견의 공로로 상이 주어졌다.

틀림없이 여기에 해법이 있을 거라며 복장 자율화 운동도 마다하고 그 주변을 샅샅이 뒤지고 다니던 수리 선배는 결국 물귀신의 몰골을 하고 동아리방으로 돌아와 욕을 했다.

"아니, 학급 증설하면서 채널 연동하는 게 뭐 그렇게 어렵다고! 일부러 거기만 따로 패킹하는 게 더 번거롭지!"

그러고는 동의를 구하듯 말을 이었다.

"여기도 인스턴스고, 거기도 인스턴스야. 쌍둥이나 마찬가지라고. 텔레파시를 하겠다는 것도 아니고, 그냥 소통하는 걸 굳이 수고스럽게 차단막으로 싸서 가로막아? 뭐, 이번엔 멩겔레의 아이들이야?"

노아 선배가 나지막이 "수리." 하고 부르자 수리 선배는 사고 친 강아지처럼 꼬리를 내리고 웅얼거리며 어둠을 파고 들어 갔다.

"그냥 홧김에 나온 말이야. 내가 무슨 말 하는지는 다들 알잖아."

'죽음의 천사'로 불린 나치 친위대 장교가 언급되는 것은 맥락을 떠나 불편했지만, 물론 수리 선배가 무슨 말을 하는지는 우리 모두가 알았다. 그럼에도 이 모든 게 새로 증설된 학급이 '특수'하기 때문이라는 것을 굳이 입에 올리기엔 너무 지쳤다.

여러분은 제피룸이 심부름 외에도 소셜미디어 계정을 통해 꾸준히 '보이지 않는 특수학급'과 관련한 이슈를 업데이트하고 있었다는 것을 기억할 것이다. 그에 대한 반응은 분명 있었다. 그러나 문제가 있기는 하다는 인식 정도에서 머물 뿐이었다. 그래서 무엇을 어떻게 바꿔야 할지에 대한 논의로 이어지지는 않았다.

충분히 예상 가능한 전개였지만 그렇기에 맥이 빠지는 것도 사실이었다. 기껏해야 학생일 뿐인 우리 넷이서 더 무얼 할 수 있겠는가 하는 패배감이 제피룸의 숨통을 조여왔다. 뭔가 반전이 필요하다는 막연한 생각을 하면서 나는 파란색 파스텔을 떠올리고는 불쑥 손을 쳐들다가 아차 해서 물었다.

"그거 어디 있어요?"

수리 선배의 흐느낌 같은 목소리가 어둠 속 어딘가에서 들려왔다.

"그거가 뭐냐에 따라 답이 다르지."

"파스텔이요. 제 폰이랑 교환한 그거. 해부한다고 했잖아요."

수리 선배가 조금 더 또렷해진 목소리로 말했다.

"했지. 아니나 다를까 개인 소지품이어서 자세히는 볼 수 없었어. 하지만 본다고 그걸로 뭐? 어차피 수많은 파란색 파스텔 중 하나일 텐데. 운이 좋아서 그게 특수한 홍문관의 파스텔이라고 한들 달라지는 건 없어."

"그래도 연결은 돼 있다는 거잖아요."

수리 선배가 안경을 손에 들고 다시 모습을 드러냈다.

"뭐, 그렇기는 하지. 그래도 마찬가지야. 그저 설계 결함으로 벌어진 이벤트에 불과해. 우리가 찾은 수많은 버그처럼."

그러더니 코웃음을 쳤다.

"홍문관에 진짜 문제라도 있나? 어떻게 된 게 뭐 좀 나오겠다 싶은 건 죄다 홍문관이야? 뭔가 있어. 냄새가 난다고."

불현듯 홍문관에 '있는' 비밀의 방이 떠올라서 나도 모르게 어, 하고 신음하듯 데프 보이스를 내버렸다. 농인이 무의식적으로 내뱉는 데프 보이스를 처음 듣는 사람이 대개 그러듯 수리 선배가 약간 놀랐는지 움찔했다. 건이 선배는 다만 의아해하는 것처럼 보였다.

"아, 죄송해요. 갑자기 떠오른 게 있어서."

"하여튼 애가 좀 간헐적으로 산만해. 뭔데, 떠오른 게?"

"홍문관이요. 그 '특수한' 홍문관이 여기 있는 홍문관의 복제본인 거죠?"

"어떻게, 12세야, 18세야?"

그러니까 설명을 어느 수준으로 하느냐는 말이었다.

"18세요."

수리 선배가 안경을 쓰고 말했다.

"정확히는 홍문관 원형의 인스턴스지. 여기 있는 홍문관도 마찬가지고. 쓸데없이 머리 굴리지 말고 바른대로 부는 게 신상에 좋아."

결국, 나는 이야기했다. 홍문관에 숨겨진 비밀의 방에 대해서. 모처럼 경청하던 수리 선배가 실성한 듯이 웃어 대서 조금 무서웠다.

"처음부터 알아봤지. 네놈의 그 주체할 수 없는 똘끼를."

그러자 건이 선배가 그 말에 담긴 모순을 지적했지만, 수리 선배의 표현대로라면, 그 순간 건이라는 객체는 수리 선배의 메모리 안에 존재하지 않았다. 건이 선배의 말을 깔끔하게 무시하고 수리 선배가 다른 사람들을 향해 소리쳤다.

"당장 와서 나의 천재성을 찬미할지어다. 왕건에겐 특별히 나의 발에 입을 맞출 영광을 하사하지. 아쉽게도 학당 시스템에 후각이란 존재하지 않으니 너무 기뻐하지는 말았으면 좋겠군."

모두가 모이자 수리 선배의 장광설이 '스타트랙' 시리즈 뺨치게 이어졌는데 히치콕의 명언대로 지루한 부분을 걷어내면 다음과 같았다.

"고로, 홍문관에 태생적으로 존재하는 오류를 이용해서

우리가 이벤트를 발생시키는 거야. 어때, 간단하지?"

넋을 놓고 있던 건이 선배가 말했다.

"참 간단하네."

"뭐, 나의 천재성이 발휘되는 데 1퍼센트 정도는 신입의 공이 있다는 걸 쿨하게 인정하겠어. 잘했어, 신입. 비록 너에게 주어진 능력에 비해 보잘것없는 짓거리를 한 게 좀 아깝지만 말이야."

어쨌든지 기분은 묘했다.

"물론 '어떻게'라는 기술적인 문제가 남아 있지만 그거야 말로 내 전문이지. 하지만 내 계획을 실제로 실행에 옮기기 위해서는 반드시 선행되어야 할 일이 있어. 솔직히 이건 내 영역 밖이야. 그리고…."

수리 선배가 노아 선배를 흘깃 보고는 아예 돌아서며 안경을 벗었다. 건이 선배가 채근하자 수리 선배가 마지못해 말했다.

"장하랑이 우릴 도와줄 수 있을 것도 같은데…."

"안 돼."

노아 선배가 자리에서 일어나며 말했다. 수리 선배는 노아 선배 쪽을 향해 외쳤다.

"이벤트를 발생시키려면 로컬 작용이 필요해. 내가 아무것도 없이 네 핸드폰을 해킹할 수는 없다고. 하다못해 네가 실수로 악성코드가 담긴 링크라도 직접 눌러줘야 해킹이든 스토킹이든 할 거 아니야? 물론 내가 네 폰을 해킹해서 너의 사생활을 공유하고 싶다는 말은 아니야. 오해하지 마."

오해됐다. 하지만 오해될 만한 것은 비단 수리 선배의 욕망뿐만은 아니었다. 노아 선배가 의아하리만큼 완고하게 말했다.

"안 돼. 안 된다고 했어."

수리 선배는 절벽을 앞에 두고 마지막 한 발을 뗄까 말까 망설이듯 주저했다. 떼면 그야말로 파국이었다. 결국 수리 선배는 안경을 집어 던졌고(그리 특별한 반응은 아니었다) 노아 선배는 말없이 밖으로 나갔다.

숨이 턱턱 막히는 적막은 둘째치고, 노아 선배의 격한 반응에 당황하지 않을 수 없었다. 살아 있는 규소 기반 생물체 같던 노아 선배의 격한 감정을 그때 처음 보았다.

털썩, 자리에 주저앉은 수리 선배가 신경질적으로 새 안경을 불러와 부러뜨리며 이를 갈았다.

"누가 시작한 건데 이제 와서 선 긋고는 지랄이야, 나쁜 새끼."

평소에 퍼붓는 폭언과 달리 애정이 듬뿍 담긴 말이었다. 그러니까 상황이 그랬다는 뜻이다.

"우리가 다 누구 때문에 개고생하는 건데, 나쁜 새끼. 안 그래? 따지고 보면 노을 언니 때문이기도 한 건데, 나쁜 새끼."

"에이, 그건 좀…."

건이 선배가 말하자 수리 선배는 버럭 소리를 질렀다.

"시끄러워! 네가 우리 노아에 대해 뭘 알아!"

끊임없이 안경을 불러와 부러뜨리는 수리 선배는 어쩐지 눈물을 흘리고 있지 않을까 싶었고, 나는 건이 선배를 힐끔 보았다. 건이 선배는 그냥 자기 손만 내려다볼 뿐이었다. 아무것도 하지 않았다. 그저 있었다.

나도 그렇게 가만히 있고 싶었다. 하지만 눈앞에 빤히 감정을 표현하는 사람이 있는데 가만히 있는 게 나는 불가능했다. 글쎄, 그것을 농인 부모를 둔 자녀로 살아온 체험과 결부 지을 수 있는 건지는 잘 모르겠다. 하지만 분명한 건 불편하다는 것이다. 눈에 보이는 감정을 모른 척하기가. 그래서 나는 말했다.

"하랑… 그 사람이 뭘 도와줄 수 있는데요?"

똑, 안경을 부러뜨리고는 수리 선배가 희번덕거리는 눈으로 날 쳐다봤다. 그건 좀… 불편했다.

"아까 말한 대로야. 이번엔 12세로 풀어줄까? 두 공간이 있어. 물건을 보내든 다리를 놓든 하고 싶어. 그럼 서로 연락을 주고받아야겠지? 그리고 그러려면 뭐가 필요해? 송신기와 수신기가 필요해. 저쪽에 수신기도 없는데 백날 신호 보내고 벽돌 쌓는다고 이어지지는 않잖아."

"수신기를 설치하겠다고요? 그쪽 세상에?"

"응. 장하랑을 통해서 직접. 그다음엔? 껌이지. 명령어 하나만 보내면 연결되게 하는 시스템을 만들면 끝."

그게 껌인지는 모르겠지만, 어쨌든 이해는 했다.

"그럼 만나서 수신기를 설치하는 방법을 알려줘야 하는 거예요? 어렵지 않을까요? 혹시 서번트 증후군 같은? 그래서 그 개발자용 도구라는 걸 그렇게 잘 다뤘던 거구나, 그렇죠?"

"너 영화를 너무 많이 봤다. 그런 케이스가 뭐 흔한 줄 알아?"

건이 선배가 끼어들었다.

"그래도 기억력은 좋잖아. 레인 맨처럼."

그러고는 누가 배우 아니랄까 봐 하랑 누나가 말하는 모습을 귀신같이 묘사했다.

"누구에 비하면 말이지. 아무튼, 그건 문제가 안 돼. 개가 학당 안에서 실행만 하면 되게 만들면 되니까. 그걸 홍문관 사물함을 통해 개한테 전달만 할 수 있으면 상황 종결이다 이거야."

"듣기에는 정말 단순하긴 하네요."

하지만 머릿속은 너무나 복잡했다. 내가 음성언어 기반의 상황을 제대로 따라가고 있는 건지 확신이 들지 않았다. 나는 양손을 가만히 두지 못하는 채로 대화를 복기하고 또 했다.

수리 선배가 말했다.

"문제는 걔한테 설명하고 부탁하고 설득하는 건데, 아까도 말했듯이 내 능력 밖이야. 걔랑 대화할 수 있는 사람은 우리 중에 노아뿐이라고. 근데 안 하겠다는 거잖아, 그 나쁜 새끼가."

무엇보다도 노아 선배와 다른 선배들 모두 하랑 누나에 대해 잘 아는 듯이 말하고 있는 게 신경 쓰였다. 나이가 같으니 친구일 수도 있다. 중학생이 되면서 학교 때문에 물리적으로 갈라지기는 했지만, 그 이전이라면 가능했다. 그런데 이들의 관계가 드러나자 모든 것이 새롭게 느껴졌다.

"그러니까 네 사람은 서로 아는 사이인 거죠?"

9

지난 여름에 있었던 일

안경 부러지는 소리와 함께 적막이 돌았다. 수리 선배가 두 동강 난 안경테를 양손에 쥔 채 건이 선배를 쳐다봤다. 마치 이렇게 묻는 듯했다. 우리 뭐 실수한 거 있어? 나는 두 사람 사이에 흐르는 기류를 놓치기에는 지나치게 눈치가 빠삭했다.

수리 선배가 뒤늦게 말문을 열었다.

"어… 얘기를 안 했던가?"

"안 했어요."

내가 낮게 말하자 수리 선배는 의자를 밀치고 벌떡 일어나더니 부러진 안경테를 건이 선배한테 던졌다.

"네가 하는 짓이 뭐 그렇지. 신입 지도 똑바로 안 해?"

그러고는 그림자 속으로 몸을 숨겼다. 나는 건이 선배를 돌아봤다. 건이 선배가 뒤통수 크게 맞은 얼굴로 애써 웃음 지었다. 그러면서 오른쪽 무릎을 주무르듯 만지작거렸다.

"왜… 얘기를 안 했을까나? 바빠서… 그래, 우리가 좀 바빴지. 너 단말기도 잃어버리고."

"숨긴 거예요?"

"아니!"

건이 선배가 두 팔을 쳐들고 흔들었다.

"숨겨? 왜? 숨길 거리가 아니잖아. 정말이야, 말할 새가 없었을 뿐이야. 뭐, 솔직히 말하면 생각도 못 했고. 어디까지나 우리 일이었으니까."

"저도 제피룸 부원이에요, 이젠."

"그렇지. 서운했다면 미안. 늦었지만 지금이라도 말해 줄게."

건이 선배가 잠시 뜸을 들이는가 싶더니 말을 이었다.

"이미 짐작했겠지만, 입학식 날 나타난 그 애랑 우리는 원래부터 아는 사이야. 좀 더 정확히는 노아랑 그 애가. 나랑 수리는 노아 때문에 그 애를 알게 됐고."

"작년 여름부터요?"

건이 선배가 무심코 화색이 된 얼굴로 고개를 끄덕이다 멈칫했다.

"너 좀 무서워지려고 그래. 어떻게 알았어?"

"그날 홍문관에서 말했잖아요. 유령이라고 불리는 거, 유령이 아니었다고."

"그래, 그래서 널 여기 데려온 거야. 네가 그 애의 존재를 알아봤기 때문에. 네가 마주쳤던 그 유령이, 바로 장하랑이었거든. 뭐, 처음에는 입학 전부터 일 터지는 거 아닌가 싶어서 약간의 개입을 하기는 했지만…."

"설마 그때 튕겼던 거… 선배가 한 거예요?"

"뭐?"

건이 선배가 약간 얼빠진 얼굴로 나를 보다가 돌연 웃음을 터뜨렸다.

"아니야. 내가 그런 걸 어떻게 해. 마수리라면 모를까."

그 말에 수리 선배가 나타나 건이 선배한테 안경테를 던졌다.

"내가 진짜 뭐라도 되는 줄 알아? 나도 그런 건 못 한다고."

"네가 장하랑 걔 유령으로 만들었잖아."

수리 선배는 팔짱을 끼고 으스스한 미소를 지었다.

"뭐, 네 딱한 처지에서는 그렇게 보일 수 있지. 하지만 좀 더 엄밀하게 따지자면 그 은폐는 내가 한 게 아니야. 당연한 거 아니야? 그런 게 가능했다면 지금쯤 노아의…."

수리 선배는 잠시 말을 잃었다.

"어쨌든, 내가 한 건 걔가 쓴 개발자용 헬멧을 살짝 만져

줬을 뿐이야. 말하자면, 특정 기능을 즐겨찾기에 등록해준 정도?"

"그 헬멧은 어디서 난 건데요?"

"뭐 들었어, 개발자용이라니까. 당연히 개발자한테서 쌔볐지."

"그게 무슨… 잠깐만, 개발자면… 나지율 개발자?"

나지율, 나노아….

"에이, 설마."

"인정하지. 얘가, 이게 빨라."

수리 선배가 손으로 머리를 가리키며 돌렸다.

"누구랑은 무척이나 대비되는군."

"그럼… 노아 선배가 엄마인 나지율 개발자의 헬멧을 훔쳐서…."

너무 놀란 과거의 나를 대신해 이 복잡다단한 이야기를 약간 정리하는 편이 여러분에게, 그리고 과거의 나를 돌아보는 나 자신에게도 좋지 않을까 싶다.

노아 선배와 하랑 누나는 초등학교 6년을 함께한 친구였다. 그런데 학당에 입학하게 되면서 하랑 누나는 노아 선배와 갈라지게 되었다. 그 후 매일같이 연락하는 하랑 누나를 노아 선배는 모른 척할 수 없었고 엄마 작업실에 몰래 들어가 테스트용 헬멧 하나를 훔쳐냈다. 수리 선배의 도움으로 하랑 누나는 유령처럼 은밀하게 학당을 돌아다닐 수 있었다. 유령을 봤다는 소문을 생산하기는 했지만 말이다.

"그때가 여름이었어."

건이 선배가 말했다.

"처음에는 여름 방학 동안만이라도 놀게 해주려고 했어. 노아 말이, 그 애가 홍문관 같은 체험 서비스를 좋아한댔거든. 방학이라 사람도 거의 없었고. 근데 이게 또 한번 시작하니까 관둘 수가 없는 거야. 걔가 노아 없이는 학교도 안 가려고 해서 아예 집에서 지내고 있었거든. 그래서 결국 마수리 마법 좀 걸어서 개학하고도 계속 다녔던 거지. 덕분에 우리는 유령 봤다는 애들 찾아다니며 뒷수습하고. 완전 맨인블랙이었다니까."

"그래서 절 따라왔던 거예요?"

건이 선배가 머리를 긁적였다.

"거기가 걔가 특히 좋아하는 곳이거든. 뭐라더라, 거기 뭔가 이상한 게 있대. 나는 아무리 봐도 모르겠지만 말이야. 아, 그거야? 네가 말한 그 비밀의 방?"

수리 선배가 끼어들었다.

"그야 걘 너랑 레벨이 다르니까. 넌 평신도, 걘 대천사."

"그러는 너는?"

"나? 적어도 네놈보단 높으니까 개길 생각일랑 말라고."

나는 여태까지의 내용을 머릿속에서 수어로 정리하다 마지막 의문을 꺼내놓았다.

"근데 노아 선배는 왜 반대하는 거예요? 이제 와서?"

"내 말이!"

수리 선배가 화색이 돼 날 향해 손가락질했다. 하지만 건이 선배는 아니었다.

"염치가 없는 거지, 뭐. 그 사고가 터지고도 완전하게 함께할 수 없으니까. 난 걔 마음 이해돼."

방법이 좀 과격하기는 했지만 말이다. 의외로 제피룸에서 가장 위험한 중2는 노아 선배일지도 모른다고 생각하며 내가 말했다.

"그럼 남은 선택지는 딱 하나네요."

무슨 말이냐는 듯 날 쳐다보는 건이 선배한테 손으로 날 가리켜 보였다.

"제가 가서 얘기할게요."

"네가? 할 수 있겠어?"

"사실 그 누나 알아요. 잠깐이지만 대화 비슷한 것도 해봤고."

그 말에 수리 선배가 나한테 안경테를 던졌는데, 톡 하고 내 얼굴을 건드리고는 종이 떨어지듯 바닥에 떨어졌다.

"그걸 왜 이제 말해!"

"굳이 말할 필요가 없었어요. 필요해져서 지금 말한 거고요."

하랑 누나를 처음 만난 건, 하랑 누나의 백과사전식 기억에 따르면, 7년 전 여름이었다. 엄마는 '장애를 가지고 있음에도 불구하고' 성공한 가상현실 디자이너로서 많은 곳에서 인터뷰 제의나 강연 등의 러브콜을 받아왔는데, 그 중 대부분은 사실 엄마의 직업과는 관련이 없는, 오로지 '장애'에 포커스가 맞춰진 목적으로 엄마를 필요로 하는 곳이었다.

도대체 디자인과 대학생이나 사회 초년생들이 엄마한테 '그래서 결국 장애를 어떻게 극복했는지'를 들어서 뭐 하는지 그때나 지금이나 알 수가 없고 알고 싶지도 않다.

엄마는 처음 몇 번은 몰라서, 혹시나 해서, 또 어느 정도는 자부심을 갖고서 날 데리고 다녔다. 자신의 이야기를 하고 하고 또 하던 엄마는 결국 관뒀다.

하지만 그중에서도 마다하지 못하는 두 가지 요소가 있었는데 하나는 장애 아동이었고 다른 하나는 미술이었다. 그리고 그 두 가지 요소를 모두 충족하는 '장애 아동을 위한 미술 치료 교실'에 초대받아 갔을 때 나는 하랑 누나를 처음 만났다.

처음에는 머리에 비해 압도적인 크기를 자랑하는 방음 귀덮개가 내 눈을 사로잡았다. 그것은 마치 세상에 대고 무언의 시위를 하는 것처럼 보였다. 나한테 말 걸지 마, 나는 듣지 않을 거야.

'치료'의 길이 열려가고 있음에도 농인으로서의 정체성

을 놓지 않음으로써 그전까지와는 완전히 차원이 다른 투쟁을 하게 된 엄마한테는 특히나 하랑 누나의 귀덮개가 눈에 띄었을 것이다. 자폐증을 가지고 있는 사람들이 대체로 청각에 예민하고 그중에서도 그 정도가 심한 경우에는 하랑 누나처럼 귀덮개를 착용한다는 것을 우리는 몰랐다.

소수자라는 비슷한 처지에서 나에게는 그 알지 못함이 무엇보다 충격적이다. 우리는, 서로에 대해 모른다. 모를 수밖에 없고, 그래서 배워야 한다. 혼자 저 지하 깊숙한 동굴에서 살 생각이 아니라면 말이다.

아직 배움이 부족했던 엄마는 그래서 하랑 누나에게 관심을 가졌고 덩달아 나도 누나 곁에 더 붙어 있게 되었다. 그 압도적인 귀덮개는 우리에겐 아무런 의미가 없었다. 하랑 누나도 누나지만 나 역시 입 밖으로 소리 내 말하는 경우가 거의 없었기 때문이다.

그때는 내가 학교에 다니기 전이어서 더 안 했다. 어쩌다 웃음소리를 내거나 습관처럼 데프 보이스를 내는 게 고작이었다. 그래서 하랑 누나랑 있는 게 편했다. 엄마랑 있는 것처럼 편했다. 우리는 크레파스 긁는 소리, 크레파스 집는 소리 외에는 아무 소리도 내지 않았는데 사실 그럴 필요조차 없었다.

가끔 엄마가 그림에 대해 코치를 하면 나는 스케치북에 그림을 그려 뜻을 전달했고 그거면 충분했다. 나로서는 하랑 누나와의 만남이 걱정되지 않았다. 아니, 솔직히 말하면 꽉 기다려 온 일처럼 설레기 그지없었다. 그러니까 문제는, 그쪽이 아니었다.

10
그림으로 전하는

"누구라고?"

언제라도 닫을 수 있게 문 손잡이를 움켜쥔 채로 하랑 누나의 할머니가 날 경계 가득한 눈초리로 바라보았다. 하랑 누나의 귀덮개만큼이나 고압적인 눈매에 나는 다시 어렸을 때로 돌아간 것처럼 말을 더듬었다.

"하, 할머니… 저 기억… 모, 못 하세요?"

할머니는 그저 심술궂어 보이게 음, 하고 날 쳐다볼 뿐이었다.

"옛날에, 저, 저기 복지관… 그… 뭐였지…."

"그림 그리던 거?"

"네, 그거요!"

나는 겨우 정신을 가다듬고 덧붙였다.

"미술 치료요."

할머니는 코를 풀기라도 하듯 헹, 코웃음 쳤다.

"치료는 무슨 얼어죽을."

나는 그곳에 간 이유도 잊고 그저 돌아가고 싶었다. 내가 겁쟁이든 농인 가정에서 자랐기 때문이든 뭐라 해도 상관없다. 그냥 할머니가 무서웠다. 특히 할머니의 눈을 쳐다보고 있기가 힘들었다. 내가 습관처럼 상대의 눈을 바라보고 있으면 할머니는 노여워했는데, 이날도 마찬가지였다. 할머니가 안 그래도 매서운 눈초리로 날 뚫어져라 보더니 말했다.

"말없이 의뭉스럽게 어른 눈 똑바로 쳐다보는 놈이 있었긴 했지. 이름이 뭐랬더라?"

"시, 시현이요."

"시시현이?"

"아뇨. 그냥 시현. 온시현."

할머니는 기미라도 하듯 내 이름을 입에 넣고 굴려보더니 마침내 문 손잡이를 놓았다.

"들어와라. 신발은 가지런히 한쪽에 놓고 그 앞에 있는 실내화 신어라. 화장실 이쪽이니까 들어가서 손 닦고. 거기 세정제 보이지? 뿌리고 빡빡 문질러. 물은 꽉 잠그고 수건은 여기 통에 담아라. 그리고…."

할머니가 잠시 멍하니 있다가 이제 됐다는 듯 안쪽 방문을 가리켰다.

"하랑이 방이다. 안에서 하이바 쓰고 있지. 6시 되기 전에는 꿈쩍도 안 할 거다. 그때까지 기다려."

나는 멀뚱히 서서 숨만 겨우 쉬었다. 그러자 할머니의 불호령이 떨어졌다.

"정신 사납다. 앉아."

그래서 소파에 살포시 엉덩이를 붙였다. 할머니는 못마땅해 하는 얼굴로 혀를 차더니 어디론가 들어가 문을 닫았다. 그 소리에 움찔하고는 시간을 확인했다. 5시 반이었다. 그때 보낸 30분은 내 생에서 가장 긴 30분이었다. 그 당시에는 영원히 끝날 것 같지 않았다.

무한에 가까운 시간이 끝날 때쯤 할머니가 부엌으로 가서 뭔가를 하기 시작했고, 정확히 6시가 땡 하자 하랑 누나의 방 안에서 부스럭대는 소리가 났다. 하지만 밖으로 나오지는 않았다. 할머니는 밥을 차리는지 바빴다. 나는 망부석처럼 그냥 있었다. 6시 15분에 밥솥이 취사 완료를 울렸고 그와 동시에 하랑 누나가 밖으로 나왔다.

우선 그 눈에 띄는 귀덮개는 그대로였다. 짧은 더벅머리도 여전했지만 키가 많이 컸다. 나는 머릿속으로 키를 비교해보며 우리의 재회를 기다렸다. 누나가 날 보고 멈칫하더니, 그대로 그냥 식탁 앞에 앉아버렸다(묘한 실망감에 내 마음도 덩달아 내려앉았고). 할머니는 할머니대로 아무 말 없이 누나 앞에 밥을 놓았다. 그리고 밥솥에서 다시 밥을 푸다가 좀 성가시다는 듯 날 보고 물었다.

"밥 먹었냐?"

"아니요."

나도 모르게 사실대로 대답해버렸다. 할머니는 잠시 멈칫하고는 다시 물었다.

"그래서, 먹을 거냐?"

그러면서 밥을 퍼 빈자리에 놓았다. 나는 어떻게 해야 할지 몰라 어버버하다 또 한 소리 듣고 냉큼 식탁 앞에 앉아 조용히 밥을 먹었다.

그때 무엇을 먹었는지 기억은 없다. 하지만 특기할 만한 것은 아니었을 것이다. 그 집에서는 6시 15분에 식탁 앞에 앉는 것이 규칙이었고 나는 그날 이후에도 몇 번을 그 규칙에 따라 식사를 했다.

식사 도중에는 아무 말도 하지 않았다. 수저 부딪히는 소리가 간간이 들리는 그 시간이 나로 하여금 예전의 미술치료 수업을 떠올리게 했는데, 그래서 나는 궁금했다. 누나가 나를 기억하는지.

그것은 기우였다.

밥을 다 먹자 하랑 누나는 벌떡 일어나 자기가 먹은 밥그릇, 수저 등을 싱크대에 담그고 수도꼭지를 틀었다. 그 상태로 몸을 시계추처럼 흔들었는데 매번 정확히 열 번을 흔들고 나서야 다시 수도꼭지를 잠갔다. 그리고 할머니를 향해 배꼽 인사를 하며 말했다.

"잘 먹었습니다."

하랑 누나가 말을 하는 것을 내 눈으로 직접 본 건 그때가 처음이었는데 입학식 때처럼 오리 울음소리 같은 목소리였다. 방으로 들어가는 누나를 따라 내가 자리에서 일어나자 갑자기 누나가 돌아서더니 오리가 꽥꽥대듯 내게 말했다.

"안 돼!"

나는 움찔하고 뒷걸음쳤다. 별수 없이 할머니를 봤지만 할머니는 이쪽은 쳐다도 안 보고 식사에 집중했다. 누나가 또 소리쳤다.

"안 돼! 그러면 안 돼. 내가 몇 번을 말하냐. 밥을 먹고 난 뒤에는 자기가 먹은 밥그릇, 숟가락, 젓가락을 싱크대에 넣으라고. 그리고 물을 틀어. 10초 동안. 알아들었어, 장하랑?"

목소리는 달랐지만 그것이 할머니의 말투라는 것쯤은 알 수 있었다. 그리고 그것이 평소 하랑 누나가 듣는 말의 거의 대부분이었다.

할머니의 훈육에 가까운 방식은 물론 시대에 맞지 않고 자폐가 있는 사람한테 그다지 도움도 되지 않는다는 걸 이제는 확실하게 말할 수 있지만, 그런 할머니가 있었기에 지금의 하랑 누나 또한 있다는 것을 부정할 수는 없다.

어딘가 군인의 느낌을 풍기며 매사에 자기만의 매뉴얼에 따라 행동하는 하랑 누나는 그럼으로써 마음의 안정을 찾는다고 했다. 그럴 수만 있다면 솔직히 우리가 못 할 것이 무엇일까.

내가 조교의 지시를 수행하고 나서야 하랑 누나는 아무 일도 없었다는 듯 자기 방으로 들어갔다. 암막 커튼이 쳐진 방 안에서 학당 헬멧만이 유일하게 빛을 내고 있었다.

내가 문가에 가만히 서 있는데 어둠 속에서 뭔가가 움직였다. 서서히 눈이 적응할 때쯤 누나는 스케치북을 들고 있었는데 7년 전에 그러했듯 누나가 그림을 그려 내게 인사했다.

7년 전 일을 완전히 기억하고 있다는 사실이 놀랍기도 했지만, 일단 나는 반가워서, 너무 반가워서 누나 옆에 앉아 역시 그림으로 인사했다.

"장하랑!"

할머니가 소리치고는 방을 가로질러 창가의 암막 커튼을 휙 걷었다.

"컴퓨터 게임 안 할 땐 커튼 걷으라고 했지!"

"게임 아니야!"

하랑 누나는 그것만은 양보할 수 없다는 듯 할머니한테 달려들었다. 심장이 덜컥 내려앉는 광경이어서 나도 모르게 벌떡 일어났다. 할머니는 노련한 손놀림으로 하랑 누나의 양팔을 잡고 휙 돌려 뒤에서 껴안아버렸다. 쇠사슬처럼 단단해 보이는 할머니 품 안에서 누나는 승냥이처럼 꿈틀댔지만 상황 종료였다.

누나가 몸부림치며 꽥꽥 소리를 지르는 모습을 보고 있기가 힘들어서 나는 얼른 방을 나왔다. 내가 알지 못하는 세상에서 살고 있는 저 두 사람을 이해하기가 어려웠고, 그런 주제에 내가 여기 이렇게 있어도 되기는 하는지 알 수 없어 괴로웠다.

고문 같은 시간이 끝나자 할머니가 방에서 나왔다. 믿기 어려울 만큼 감정을 알아볼 수가 없었다. 할머니는 어느새 난 생채기를 발견하고는 싱크대 서랍 속에서 밴드를 찾아 붙이고 설거지를 시작했다.

나는 다시 하랑 누나 방에 들어가보았다. 역시나 당황스럽기는 마찬가지였는데, 누나는 침대에 엎드려 스케치북에 뭔가를 끄적이고 있었다. 코를 훌쩍거리기는 했지만 역시나 지극히 일상적인, 그래서 당연하고 별것 아니라는 태도에 나는 가늠할 수 없는 무게감을 느껴 그대로 침대 끝에 걸터앉아버렸다. 그러자 날 돌아본 누나가 스케치북을 보여주었다.

그 속에는 작은 천사와 적갈색 악마가 그려져 있었다. 악마 쪽이 할머니라는 것을 알 수 있었지만 어쩐지 그림 속 악마의 거꾸로 뒤집힌 입매는 천사인 하랑 누나보다 더 서글퍼 보였다. 누나도 할머니의 마음을 알고 있었던 걸까?

나는 그 둘 옆에 겁에 질린 내 모습을 작게 그려 넣었다. 테마를 맞춰야겠다는 생각에 머리 위에 링을 그리려고 파란색을 찾았지만 없었다. 설마 하는 생각이 들었지만, 이내 이곳이 학당이 아니라는 사실을 상기하고 고개를 절레절레 흔들었다. 누나가 말했다.

"안 돼! 그렇게 흔드는 거 아니야! 도대체 몇 번을 말해야 고쳐먹을 거냐!"

막막해서 어찌할 줄 몰랐다. 나에게는 이곳에 온 목적이 있었지만, 처음에 생각했던 것과 달리 그것을 해낼 수 있을지 확신이 서지 않았다. 아니, 불가능할 것 같았다. 어렸을 때 잠깐 같이 그림을 그렸던 정도로 나는 터무니없는 자신감을 가졌던 것이다. 그게 와장창 무너져 내리고 완전히 무방비 상태가 되니 한없이 부끄러웠다.

마치 그런 나를 놀리듯 누나는 자꾸만 뭔가를 가져와 보여줄 듯 말 듯했다. 누나가 물건을 집어 오는 곳을 보고 나도 모르게 감탄을 했다. 그런 반응을 기대했다는 듯 누나가 마침내 내게 건넨 것의 정체는 음반 CD였다. 길을 걷는 누군가의 뒷모습 옆에 영어로 'Cellist Saint Noah'라고 쓰여 있었다.

"첼리스트 성 노아… 노아?"

"노아. 노아 성."

내가 정답이라도 말한 것처럼 하랑 누나가 상기된 얼굴로 노아 성이라는 아시아계 독일인 첼리스트의 상세한 신상정보와 생애, 첼리스트로서의 이력을 인공지능 빰치게 줄줄 읊었다. 첼리스트 노아 성은 물론 제피룸 부장 노아 선배가 아니다.

탈북자의 후손인 노아 성의 스토리는 그 자체가 영화화될 정도로 파란만장하고 감동적이며 흥미롭기까지 하지만, 여기에서 다룰 필요는 없을 듯하다. 하지만 첼리스트 노아에 대한 하랑 누나의 관심은 다룰 필요가 있다. 왜냐하면 그 덕분에 나는, 제피룸은 길을 잃고 방황하지 않을 수 있었기 때문이다. 뭐, 그러고는 바로 또 다른 방황의 길로 들어섰지만.

하랑 누나의 방은, 학당 헬멧이 놓인 책상과 침대를 제외하면, 그 자체가 첼리스트 노아의 박물관이나 다름없었다. 앨범 CD는 기본이고 한정 판매용으로 제작된… 세상에, 나는 LP라는 것을 그때 처음 보았는데, 아쉽게도 LP를 재생하는 데 필요한 턴테이블은 없었기 때문에 그 사운드를 감상해보지는 못했다. 오직 수집을 위한 수집이었다. 그 밖에 첼리스트 노아가 표지 모델을 한 잡지와 관련 기사를 스크랩해 코팅한 것들이 벽면을 말 그대로 도배하고 있어서 햇빛이 든 방 안은 정말이지 반짝반짝 빛이 났다.

내가 수집품에 관심을 보이자 누나가 곁에 서서 큐레이

터처럼 각각의 정보를 설명했는데 그러면서도 내가 손이라도 댈라치면 딱 소리 나게 내 손등을 때리고는 "안 돼!" 하고 할머니표 불호령을 내렸다. 그렇게 시간 가는 줄 모르고 놀다 보니 어느새 할머니가 오리지널 불호령을 내렸다.

"언제까지 있을 거냐?"

그제야 진짜 목적은 입 밖으로 꺼내지도 못했다는 것을 깨달았다. 그래도 첼리스트 노아 덕분에 이야기를 많이 나눴다는 생각에 나는 용기를 내 누나한테 말했다.

"도움이 필요해요."

누나는 듣는 둥 마는 둥 하면서도 내 말을 따라 했다.

"홍문관에서 물건 하나만 찾아서 실행해줘요."

하랑 누나가 "물건 하나만." 하고 두 번 반복하더니 돌연 말했다.

"뭔데?"

"그게, 나도 잘은 모르겠어요. 수리 선배가 만들어줄 거예요."

"수리, 수리, 마수리."

"맞아요, 마수리."

"그리고 태조 왕건."

나는 웃으며 맞장구쳤다.

"그리고 노아."

하랑 누나가 침대로 가서 털썩 앉더니 말했다.

"싫어. 도움 필요 없어."

나는 내 귀를 의심했다.

"도움 필요 없어. 잘 가."

그걸로 끝이었다. 나는 집으로 가는 길에 하랑 누나가 했던 말의 의미에 대해 끝도 없이 생각했다. 건이 선배도 말했듯, 입학식 사건 이후 학당에 입학하기는 했지만, 그전처럼 제피룸 부원들과 어울릴 수 없게 된 것에 마음의 상처를 입은 것이 아닐까 싶었다. 그래서 더는 신경 쓰지 말라고 선을 긋는 것처럼 느껴졌다.

정말로 그런 거라면, 그런 거라면 정말 할 수 있는 게 더는 없게 되는 것이다. 두 세상은 계속해서 유리되어 존재할 것이고 우리는 하랑 누나와 별개의 세상에서 살아갈 것이다.

3부 * 일탈이 꼭 나쁜 것만은 아니니까

11
간악한 계략

다음 날 등교를 하자마자 수리 선배의 연락이 빗발쳤지만 왠지 동아리방에 가기가 싫었다. 하지만 마냥 피할 수만은 없었다. 끝이 있다면 받아들여야 또 다른 시작이 올 터였다. 물론 그때 이런 생각을 했던 건 아니고, 다만 뭐든 끝을 내고 싶어서 나는 점심을 먹고 나서야 느지막이 동아리방을 찾았다. 들어서자마자 내 앞에 귀신이 나타났고 나는 울렁거리는 속을 진정시키며 자리를 잡았다.

"노아 선배는요?"

"없어. 없으니까 빨리 말해. 한대?"

"싫대요."

"뭐?"

어제 내가 저런 꼴이었을까 싶었다.

"도움 필요 없대요."

"왜?"

"그냥 그렇게만 말해서 잘은 모르겠어요."

"네가 너 같은 짓 한 거 아니야?"

"나 같은 짓… 뭔데요, 그게?"

"있잖아, 언어로 표현되기엔 너무 다차원적인… 알면서."

나는 빈정 상해서 대꾸하지 않을 수 없었다.

"모르겠고요, 하랑 누나 삐친 것 같아 보이던데, 결국 선배들이 하는 일이란 게 겨우 이 정도밖에 안 되니까 더는 필요 없다는 거 아닐까요."

수리 선배의 폭언을 감안하고 한 말이었는데 예상외로 선배는 잠잠했다. 아니, 귀신보다 더 창백해져서 문 쪽을 쳐다보고는 줄행랑을 쳤다. 그것이 의미하는 바를 모를 수 없었다. 나는 돌아봤다. 노아 선배가 서 있었다. 처음 보는 표정을 짓고 있는 노아 선배를 바라보며 할 말을 골랐다. 하지만 노아 선배가 먼저였다.

"하랑이 만났어? 네가?"

달리 할 말이 없어서 나는 그냥 "네." 했다.

노아 선배의 반응은 내 눈치로도 간파하기가 쉽지 않을 만큼 복잡다단했다. 화가 나기는 했지만 그것이 꼭 나나 수리 선배를 향한 건 아닌 듯했는데, 스스로를 향한 것일 수도 있지만 하랑 누나한테 느끼는 것일 수도 있고, 아니면 아주 제삼자를 향한 것일 수도 있었는데, 결과적으로 그 모두가 맞았다.

노아 선배의 분노는 자신을 포함한 모든 것에 대한 분노였고, 그것은 제피룸의 근간이기도 했다.

노아 선배가 늘 앉는 자리로 가서 앉고는 머리를 풀어 실끈을 배배 꼬기 시작했다. 그러면서 날 쳐다봤는데, 수리 선배의 귀신 같은 모습과는 또 다른 압박감이 절로 입을 열게 했다.

"어렸을 때 본 적이 있거든요. 같이 그림 그리고 노는 정도."

수리 선배가 대역죄인의 모습으로 나타났다. 때마침 들어오던 건이 선배는 우뚝 멈춰 서서 다시 나갈지 심각하게 고민하다 결국 조용히 자리에 앉아 오른쪽 무릎을 만지작댔다. 나는 이야기했다. 어제 있었던 일을 처음부터 끝까지 다. 노아 선배는 실을 가지고 이렇게 저렇게 하면서 조용히 경청했다. 그리고 내가 이야기를 마치자 다시 머리를 묶었다. 어쩐지 결연해 보이기까지 하는 그 행동이 이번에는 묘하게 불안하게 느껴졌다. 노아 선배가 말했다.

"내가 또 가라고 하면 거부할 거야?"

"하랑 누나한테요? 하지만 어제는 안 된다고…."

"근데도 갔지."

노아 선배의 말이 내 어딘가를 슥 베고 지나갔다.

"보아하니 우리 얘기는 얼추 들은 것 같은데, 그러고도 넌 그 애를 찾아갔어. 네 의지가 아니었다고 할 거야?"

"그건 아니지만…."

나는 어깨를 툭 떨궜다.

"알았어요. 갈게요. 하지만 싫대요, 하랑 누나가. 근데 어떡해요."

노아 선배가 웬일인지 주저하듯 이마를 긁적였다.

"걔 방에 그거, 봤어?"

"노아 성이요?"

분위기가 반전되었다. 노아 선배가 민망한 눈치로 고개를 끄덕였다.

"그 첼리스트랑 관련된 것만 있으면 걔, 할머니한테 안마도 해."

분명 묘안은 묘안이었다. 하지만 좀 꺼림칙했다. 내 표정을 보고 노아 선배가 다시 고압적인 태도로 말했다.

"무슨 생각하는지 아는데, 뭐 우리라고 다른 줄 알아? 나한테 필요한 게 누군가한테 있으면 그 사람한테 필요한 거랑 거래하는 거, 지극히 인간적인 일이야."

"선배한테 그게 왜 필요한데요?"

내가 불쑥 묻자 수리 선배는 내 싸가지를 우려했고, 건이 선배는 애가 가끔 이런다며 두둔했다. 노아 선배는 내게 되물었다.

"넌 왜 거기 갔는데?"

가끔은 설명할 수 없는 필요에 따라 움직이기도 하는 것이다. 나는 그 점을 인정하지 않을 수 없었다.

"좋아요. 그러면 노아 성 굿즈 사가지고 가면 되는 거죠?"

"쉽지 않을걸. 과연 걔가 가지고 있지 않은 게 있을까?"

"그럼 어떡해요?"

나는 그 순간 노아 선배의 미소를 보았다. 자기는 절대 아니라지만, 그때 노아 선배는 분명히 날 향해 미소 지었다. 간악한 계략을 꾸미는 자만이 지을 수 있는 그런 미소였다.

*

내가 다시 나타난 것을 하랑 누나의 할머니는 더할 나위 없이 이상한 눈으로 보았는데 그 마음을 백 퍼센트 이해할 수 있었다. 나 또한 같은 심정이었기 때문이다. 할머니의 몰아치는 지시사항을 신속하게 수행한 뒤에 나는 하랑 누나가 저녁을 먹으러 나올 때까지 기다렸다가 함께 밥을 먹었다.

누나는 처음 찾아간 날과 차이를 느낄 수 없이 날 보았고 우리는 또 밥을 먹었다. 나는 나대로 어떻게 이야기를 꺼내야 할지 고민하느라 첫날과 마찬가지로 우물쭈물 댔고 하랑 누나한테 똑같은 불호령을 들었다. 그리고 함께 그림을 그렸는데 그다음은 조금 달랐다. 누나가 노아 성의 연주 앨범을 재생시킨 거였다.

첼로 연주는 아마 처음 듣지 싶었다. 물론 언젠가 들어는 봤을 것이다. 하지만 이것이 첼로의 소리다, 인식하고 듣는 것은 분명 처음이었다. 독주라는 걸 알고 들었기에 망정이지 아니었다면 끝까지 다 듣고도 그래서 뭐가 첼로야? 하고 물었을지 모른다. 나도 모르게 "이게 첼로구나…." 하고 중얼거리자 누나가 첼로에 대한 백과사전식 정보를 숨도 쉬지 않고 늘어놓았다.

누나가 하는 설명을 솔직히 귀담아듣지는 않았지만, 그런 누나를 보며 뭐랄까, 부럽다는 생각을 했다. 나는 무언가에 저토록 진심이었던 적이 있었나 싶었다. 없었다. 그때까지는. 그러다 문득, 누나가 귀덮개를 하지 않고 있음을 깨닫고 신기해서 누나를 빤히 보다가 불호령을 들었다.

누나의 첼로에 대한 강연이 끝나고 나는 이야기를 꺼내 보았다.

"이 사람 콘서트 한대요. 물론 알겠지만."

내 말이 하랑 누나의 눈에 불꽃을 일으켰다. 누나는 꼬리에 불붙은 생쥐처럼 펄쩍 뛰어 선반에서 뭔가를 가지고 와 내 쪽으로 조금 내밀었다. 만지지는 말고 눈으로만 보라는 명백한 신호에 나는 거북이처럼 목을 빼 누나가 내민 상자 안을 들여다봤다. 노아 선배가 말한 대로 거기에는 노아 성의 콘서트 티켓이 수북이 들어 있었다. 놀랍게도, 노아 성이 직접 보낸 거라고 했었다.

노아 선배의 말을 들었던 그때까지만 해도 나는 노아 성을 잘 알지 못했지만, 팬한테 자신의 콘서트 티켓을 직접 보낸다는 것 자체만으로 놀라기엔 충분했다. 그래서 내가 확인하듯 재차, 직접 보낸 거 맞냐고 묻자 노아 선배는 저번처럼 또 부끄러워했다.

"초등학교 때 하랑이랑 같이 몇 번 갔어. 뭐, 그러다 보니까 알아보고, 인사하고, 사인받고… 연락처도 주고받고."

"그런 게 가능해요?"

"가능하니까 지금 얘기하고 있는 거 아냐."

노아 선배가 정색하고 말했다.

"그 사람이 워낙 괴짜라 하랑이랑 맞아, 코드가."

"선배랑은 이름도 맞고요."

그 말을 끝으로 나는 학당에서 접속을 끊었어야 했다. 그리고 어쩌면 현실 세계에서도 접속이 끊어지는 사태가 벌어질지도 모른다는 막연한 불안감을 안고서 나는 하랑 누나한테 말했다.

"갈래요? 나랑?"

하랑 누나가 상자를 들고 있는 그대로 거실로 뛰쳐나가

며 꽥꽥 소리를 질렀다.

“갈래요. 갈래요. 콘서트 갈래요.”

나는 두 주먹을 불끈 쥐고 누나를 따라 거실로 나갔다. 아니나 다를까 할머니가 잔뜩 화가 나서 날 쳐다봤다.

“무슨 소릴 했길래 애가 미친년 널을 뛰어?”

나는 당황스럽기도 했고 죄책감도 어느 정도 있어서 사실대로 털어놓았고 당연히 불호령이 떨어졌다. 당장 쫓겨나지 않은 게 기적이었지 싶다. 다행이라고 해야 할지 할머니도 나 못지않게 당황해서 정신이 없는 눈치였다.

지금 와서야 짐작해보는 거지만, 그때의 할머니는 순식간에 십수 년은 더 늙어버린 듯한 느낌이었다. 할머니와 나는 한 마리의 새처럼 양팔을 퍼덕거리며 돌아다니는 하랑 누나를 진정시키는 데 그야말로 모든 에너지를 쏟아 부었는데, 솔직히 그러면서 노아 선배를 얼마나 원망했는지 모른다.

그 일에 대한 노아 선배의 사과는(커녕 변명조차) 아직도 듣지 못했는데 죽을 때까지 추구해야 할 또 하나의 목표라 할 수 있다.

장장 1시간을 씨름해서야 하랑 누나는 새가 되기를 포기했다. 그러고는 본인도 지쳤는지 바로 쓰러져 코를 골며 잠을 잤다. 할머니와 나는 곤죽이 돼 소파에 널브러지는 게 할 수 있는 전부였다. 그리고 그때, 현관문 도어록 열리는 소리가 들렸다.

"하랑아, 엄마 왔다."

귀신같이 눈을 뜬 하랑 누나가 못다 한 새의 꿈을 다시 꾸며 뛰어와 어머니에게 안겼다. 하랑 누나의 어머니가 누나를 얼싸안고 함께 빙 돌다가 그제야 소파 위 참상을 발견하고 왁, 소리를 질렀다.

"엄마! 근데 넌… 누구니?"

나는 겨우 몸을 일으켜 인사했다.

"안녕하세요. 저는, 그러니까…."

갑자기 뭐라 해야 할지 알 수가 없었다. 친구? 후배? 아니면 7년 전 인연을 또 들먹여? 하지만 그러기엔 할머니와 달리 하랑 누나의 어머니와는 초면이었다. 결국 나는 도움을 요청하는 눈길로 할머니를 쳐다봤고, 할머니는 다만 이렇게 나를 소개했다.

"있다."

몹시 당황스러운 소개였지만 또 어떻게 보면 자연철학적이면서도 매우 실용적인 소개이기도 했다. 매우 실용적인 것들이 그러하듯 부족한 디테일은 하랑 누나가 내 옆에 앉아 백과사전식 설명으로 보충해주었다. 내가 만족스러워하며 다시 한 번 정식으로 인사하자 누나의 어머니가 무척이나 신기해하는 얼굴로 내게 악수를 청했다.

"시현? 예쁜 이름이야."

"하랑 누나 이름도요."

옆에서 할머니가 코웃음을 치고는 도대체 언제까지 여기 있을 거냐며 이젠 아예 잠자리까지 대령해야겠느냐고 성화를 냈다. 나는 놀라서 시간을 확인했다. 9시가 훌쩍 지나 있었다. 서둘러 인사를 하고 나오는데 누나 어머니가 따라 나오더니 다시 내 손을 잡았다. 이번에는 두 손으로 꽉이었다.

"뭐가 뭔지 모르겠지만 잘 왔어."

나는 불편했다. 어머니가 표현하는 고마움이 불편했다. 그래서 그랬는지는 몰라도 나는 콘서트 얘기를 꺼냈다. 그 얘기를 듣고 누나가 보인 반응에 대해서도. 그때 내가 할머니 대신 더 호의적으로 보이는 어머니를 설득하고자 그랬는지, 아니면 어쨌든 엄마인 사람에게 동의를 구하고자 그랬는지는 지금도 잘 모르겠다. 어쩌면 달리 할 말이 없어서 어색함을 타파하기 위한 것이었을 수도 있다. 내 말을 듣고 어머니는 아니나 다를까 당혹감을 숨기지 못했다.

"어, 그래… 하랑이가 좋아할 만하네."

"할머니는 말 같지도 않은 소리라고…."

"엄마가, 그러니까 할머니가 원래 말을 좀 세게 하셔. 기분 나쁘게 안 들었으면 좋겠다. 그리고… 사실 할머니가 그렇게 말씀하시면… 할머니가 누구보다 하랑이에 대해서 잘 알고… 보다시피 나는 일하느라 바빠서… 그게 참 그러네."

어머니가 어색하게 웃으며 나를 따라 엘리베이터 앞까지 마중 나왔다.

"미안하네. 이렇게까지 해줬는데."

"저는 한 게 없어요."

나는 엘리베이터 안으로 들어가 말했다.

"사실 좀 놀랐어요. 저는 누나처럼 뭔가를 그렇게 열정적으로 좋아해본 적이 없거든요. 그래서 괜히 저까지 들떠서 할머니한테 폐 끼치진 않았나 싶고. 그러고 보니 인사도 제대로 못 했네요."

엘리베이터 문이 닫히다가 다시 열렸다. 어머니가 안으로 들어왔다.

"혹시 번호 좀 줄래?"

나는 네? 하듯 어머니를 쳐다봤다. 하랑 누나에게서 비쳤던 불꽃을 다시 보는 듯했다. 어머니가 말했다.

"엄마, 아니 할머니하고 얘기해볼게. 너한테 연락할 수 있게 되면 좋겠다."

나도 불꽃을 품고 답했다.

"저도요."

12

다음의 각도를 측정하시오(4.5)

하랑 누나의 어머니한테 연락이 온 건 그 주 주말이었다. 할머니가 결국 승낙한 거였다. 기쁘고 설레는 한편, 과연 할머니가 어떻게 승낙을 했는지 걱정하지 않을 수가 없었다. 어머니가 어떤 과정을 거쳐 결국 뜻을 관철시켰을지 나로서는 감히 짐작할 엄두조차 내지 못했다.

이제 남은 건 딱 하나였다. 하랑 누나와 콘서트를 관람하고 돌아오는 일. 물론 사고나 트러블 없이 잘 해야 했다. 나는 인터넷에서 자폐증과 공연에 대해 찾아보면서 공부를 했지만, 사실 나를 가장 떨리게 하는 것은 콘서트 자체였다. 여태까지 나를 따라온 여러분은 한가하게 자폐증에 대해 공부하는 과거의 내가 제일 걱정일 텐데 물론 합당한 우려다. 나는 다른 무엇보다 나 스스로가 걱정돼서 날마다 뜬 눈으로 밤을 보냈다.

낯선 환경에 겁을 먹는 것은 정도의 차이가 있을 뿐 모두가 겪기 마련이다. 나는 콘서트가 열릴 여의도의 인공숲 공원을 찾아보고 체험하고 몸에 익혔다. 그러고도 불안해서 아예 하랑 누나처럼 백과사전식 지식을 줄줄 읊을 수 있도록 공부했다. 여의도를 통째로 머릿속에 가져다놓았다고 해도 과언이 아니었다.

그러는 한편 학당을 마치면 곧바로 하랑 누나네를 찾아갔는데 두 가지 이유에서였다. 일단은 하랑 누나와 더 가까워질 필요가 있었다. 콘서트에서는 그냥 가만히 앉아 그림을 그리는 것에서 끝나지 않을 것이기 때문에 하랑 누나에 대해 더 자세히 알아야 했다. 누나가 언제 팔을 흔드는지, 그럴 경우에 어떻게 하는 게 좋은지 같은 걸 알아두면 좋을 테니까 말이다.

그리고 노아 성에 대해 알고 싶었다. 그즈음, 나는 새로운 세계에 눈을 떴다. 전자 첼로를 허리에 차고 무대 위를 하랑 누나처럼 거침없이 오가며 신들린 듯 활을 켜는 노아 성의 모습은 물론 그 자체로 예술적이지만, 그 이전에 나는 첼로라는 악기가 내는 소리에 푹 빠져버렸다.

이런 얘기를 하면 사람들은 날 동정한다. 농인인 엄마 밑에서 조용하게 자랐기 때문에 겪어야만 했던 결핍으로 일단은 받아들이는 것이다. 물론 내가 소리와는 크게 관련 없이 자란 것은 사실이다. 그래서 뒤늦게 악기가 선사해주는 떨림에 매혹당한 것도 분명 틀린 말은 아니다.

나는 수어를 모어로 삼아 손으로 옹알이를 했고 외국어를 공부하는 일반적인 사람들이 그러하듯 음성언어를 조금 더딘 속도로 익혀갔다. 언어 쪽에 특별한 재능이 있지는 않았기에 서투른 말을 하다 놀림을 받느니 차라리 조용히 있는 편을 택했다.

그러다 보니 자연스럽게 소리의 세계와 거리가 멀어지게 된 것이 과연 결핍의 문제인지 나는 모르겠다. 알래스카에서 평생을 살다가 괌에 가서 처음 휴양을 하는 사람은 어떤가? 반대로 자메이카에서 살다가 처음 눈을 맞아본 사람은? 그들이 느끼는 경이감이 정말 결핍으로부터 기인한 것인가?

이런 나의 설명이 여러분에게 지루하길 나는 바란다. 너무 당연한 얘기여서 그저 지루할 뿐이었으면 좋겠다. 하지만 아직은 내가 이런 얘기를 하면 사람들은 놀라워하고 감동한다. 불편해하는 경우는 있어도 지루해하는 사람은, 같은 환경에서 자란 게 아닌 한, 매우 드물었다.

이런 얘기를 늘어놓은 이후에 꺼내기는 뭐하지만, 첼로의 팬이 된 나는 한편으로 궁금해졌다. 엄마가 선택한 세상, 소리가 없는, 모양과 움직임으로 모든 것이 통하는 세상은, 그래서 구체적으로 어떻게 다른가.

두 가지 세상은 결국 차이를 만들고, 차이는 너무나 쉽게 차별로 변색되지 않나. 소리의 아름다움을 처음 경험한 나는 처음 엄마의 세상을 다른 시각으로 바라보게 된 것이었다. 이때의 경험이 그 어느 때보다 나를 성숙하게 해주었는데, 물론 그만큼 성장통으로 고생한 시기이기도 했다.

이즈음 엄마도 내가 평소와 다르다는 것을 느꼈다고 한다. 사실 몸짓과 표정으로 대화하는 엄마가 나의 변화를 눈치채지 못했다면 그게 이상한 일이다. 그러나 그때의 난 그 당연한 것조차 생각하지 못할 만큼 내 안에서 고군분투하고 있었다. 그것은 소리 없는 아우성이었다. 결과적으로 그 덕분에 나는 한층 성장했지만, 더 현명한 방법이 있었을지 모른다는 아쉬움이 남는다.

그래서 그 현명하지 못한 방법이 무엇인가 하면, 집에서 이어폰을 꽂고 음악에 빠져 살았다. 의아한가? 어차피 엄마는 소리를 들을 수 없는데 뭐하러 이어폰 같은 게 필요하냐고?

엄마가 듣지 못하기에 이어폰이 필요했다. 집 안에 울려 퍼지는 첼로의 선율이 나의 양심을 꼬집었기 때문이다. 어쩐지 그것은 불공평하고 불합리한 일처럼 느껴져서 엄마의 세상에 대한 나의 시각의 각도가 점차 커지는 듯했다. 위험한 일이라고 생각했다. 그래서 이어폰을 사용했다. 그러면

나 혼자 듣는 게 전혀 이상한 게 아닐 테니까.

그러면서도 엄마가 보지 않을 때만 음악을 들었다. 이어폰을 꽂고 있다가도 엄마가 나를 보는 것 같으면 그 즉시 줄을 휙 당겨 이어폰을 빼버렸다. 그럴 때마다 귀가 아팠지만 그조차 내가 감수해야 할 무언가라고 나는 굳게 믿었다.

정말이지 웃긴 얘기다. 여러분도 웃길 바란다. 뒤늦게 찾아온 사춘기에 방황하던 과거의 나를 그저 미소를 머금고 봐주길 바란다.

사실 얘기는 이렇게 하지만 그때의 시간이 내게 고통이기만 했던 건 절대 아니다. 왜냐하면 우리에게는 콘서트가 있었기 때문이다. 어느새 나는 하랑 누나 못지않은 노아 성의 팬이 되어버렸다. 하루하루가 길면서도 순식간에 흘러가는 듯했다. 전체적으로 정신없었다.

정신을 차렸을 땐 콘서트가 열리는 여의도로 가기 위해 하랑 누나네 초인종을 누르고 있었다. 웬일로 할머니 대신 어머니가 하랑 누나와 함께 밖으로 나왔다. 일을 쉴 수는 없지만 조금 늦게 출근을 하기로 했다며 어머니는 버스 정류장으로 가는 동안 두서없이 이런저런 얘기를 했는데, 솔직히 들리지 않았다. 다행인 건 어머니가 했던 이야기 대부분이 그다지 의미가 없었다는 것이다. 딱 하나만 빼고 말이다. 그 하나를 나는 놓치고 말았다.

"자, 한 번만 더 체크하자."

정류장 앞에서 어머니가 나한테 세 번째로 전화를 걸었다. 우리는 내 폰이 제대로 울리는지, 배터리가 부족하진 않는지 따위를 확인했다.

"우리가 배터리에 대한 안 좋은 추억이 있거든. 그렇지, 하랑이?"

"안 좋은 추억이 있거든. 안 좋은 추억이 있거든."

하랑 누나가 목에 걸고 있는 수첩을 내밀었다. 위쪽에 스프링 철이 되어 있는 세로형 수첩이었는데, 표지에 그려진 하랑 누나의 그림이 그것의 용도를 설명하고 있었다. 당황한 하랑. 수첩. 행복한 하랑. 그 안에는 상황에 따른 행동강령이 구체적으로 그려져 있었다. 이대로만 하면 하랑 누나뿐만이 아니라 그 누구라도 당황하지 않고 행복해할 수 있을 것 같았다.

나는 수첩을 보고 감탄하며 엉뚱한 생각을 하게 되었는데, 가령 이런 것이었다. 군인처럼 행동 강령을 따르는 하랑 누나가 느닷없이 홍문관에서 벗어나 육조거리에 갔었던 일은 분명 사고였지만, 어느 정도 예측 가능한 것이 아니었을까? 다른 사람도 아니고 노아 선배는 예측했어야 하지 않을까?

"원래 핸드폰에 저장해놓고 다니다가 배터리가 방전된 적이 있거든."

어머니는 그때의 기억을 떠올렸는지 몸서리를 쳤다.

"이거면 배터리 걱정은 끝."

"걱정은 끝. 걱정은 끝. 가자. 버스 올 시간이야."

하랑 누나의 말대로 여의도행 버스가 도착했다. 어머니가 내 팔을 잡았다. 딱 꼬집어 말할 수 없는 표정을 하고 있는 어머니한테 내가 할 수 있는 말이라곤 하나밖에 없었다.

"다녀오겠습니다."

"하랑이는 엄마한테 인사 안 해?"

이미 버스 좌석에 자리를 잡고 앉은 하랑 누나가 창문을 열고 소리쳤다.

"안 돼! 버스에서 그러는 거 아니라니까. 도대체 너는 언제 커서 사람답게 살려고 그러냐?"

어머니는 그거면 됐다는 듯 나를 버스 안으로 밀어 넣었다. 내가 옆에 앉자 하랑 누나가 몸을 앞뒤로 흔들면서 말했다.

"빨리빨리 좀 다니지 못해? 그렇게 굼떠서 어떻게 살려고 그러냐?"

"미안합니다."

여의도로 가는 길은 지난하기 짝이 없었다. 시간은 끈적끈적하게 늘어나 좀처럼 우리를 나아가게 두지 않았다. 우리가 타고 있는 게 자율주행버스라는 것이 믿기지 않을 만큼 더디게 느껴졌다. 참다못한 나는 껌을 꺼내 씹기 시작했다.

"누나도 하나 줄까요?"

내가 껌을 내밀자 누나는 고개를 절레절레 흔들었다.

"긴장될 때엔 껌을 씹는 게 도움이 된대요."

인터넷에는 분명 그렇게 나와 있었지만, 그때 효과를 본 것 같지는 않다. 껌을 씹는 정도로 해소되기엔 내 긴장, 불안, 초조가 너무 심했다. 누나라고 마냥 신이 나 흥분되기만 하지는 않을 텐데 신기하게 나보다는 상태가 좋아 보였다. 나는 일평생 갈고닦은 관찰력을 총동원해 하랑 누나의 이모저모를 뜯어 보았다.

머리는… 감지 않았군. 아침 일찍 나오느라 바빴을 테니까. 나도 전날 밤을 통째로 새우지 않았다면 시간을 지키지 못했을 것이다. 귀덮개는 오늘도 저 작은 머리를 휘감아 자신의 임무를 다하고 있었다. 얼룩덜룩한 두 손은 얌전하게 니은 자로 몸에 착 붙이고 있었는데 손끝이 바깥쪽으로 까딱거렸다. 까딱, 까딱까딱. 그러면서 몸을 좌우로 움직였는데 꼭 펭귄 흉내를 의자에 앉아서 하는 것 같았다. 나도 모르게 따라 하자 하랑 누나가 날 보고는 버럭 불호령을 내렸다.

"안 돼! 안 돼! 그렇게 몸 흔들면 안 돼! 손도 가만히 두지 못해?"

나는 움찔하고는 정자세를 취했다. 마치 내가 제대로 하고 있는지 감시하듯 지켜보면서 하랑 누나는 몸을 더 심하게 흔들었다. 일전에 할머니와 함께 누나를 진정시키려다 소파에 뻗었던 일이 뇌리에 스쳤다. 조금만 더 심해지면 그때의 일을 반복해야 할지도 모르겠다는 생각이 들었다. 그것도 할머니 없이 나 혼자.

고단한 하루가 될지도 모른다는 걱정도 들었지만, 동시에 궁금했다. 그렇게 진을 빼고 나면 녹초가 되는 것은 나나 할머니뿐이 아니었다. 누나도 힘이 들지 않나. 지쳐 쓰러져 곯아떨어질 만큼. 그런 일을 하고 싶어서 한다고는 생각할 수 없었다.

엄마는 가끔 몸살로 앓아눕기로 작정한 사람처럼 대청소를 할 때가 있는데 절대로 그러고 싶어서 그러는 게 아니다. 구체적인 내막을 알 수는 없지만 하는 일 때문에 스트레스를 많이 받았을 때 주로 그러는 편이었다.

디자인 작업 외적으로 동반되는 일이 특히 엄마를 힘들게 했다. 의뢰를 한 사람과의 소통이 매끄럽지 못해서 벌어지는 문제가 대개였다. 하지만 자기 작업의 결과물이 마음에 들지 않아도 엄마는 괴로워했고 그게 특히 심한 날에는 온 집 안이 반짝반짝 빛이 났다. 누나도 그래서 그런 건 아닐까?

나는 누나의 스트레스를 보태지 않기 위해 정자세를 유지한 채 물었다.

"왜 몸을 흔드는 거예요?"

그냥 궁금했다. 알고 싶었다.

"흔들면 좋아."

"어떻게 좋은데요?"

하랑 누나는 몸을 흔드는 것도 잊고 오랫동안 생각하더니 마침내 말했다.

"좋아, 흔들면."

그러고는 날 때렸다. 그래, 좋다는 게 중요한 것 아니겠는가. 그때 창밖으로 녹음이 펼쳐졌고 누나의 관심이 완전히 밖으로 쏠렸다. 나는 다시 긴장하기 시작했다. 그러다 문득 누나가 한 말이 떠올랐다. 흔들면 좋아. 좋아, 흔들면. 그래서 흔들었다. 좋은 건지는 몰라도 그 느낌에 집중하다 보니 어느새 우리 앞에 인공숲이 펼쳐졌다.

요즘은 아예 아파트 단지 내에 작은 인공숲을 조성했다는 광고도 심심치 않게 볼 수 있는데, 불과 10년 전만 해도 그 개념 자체가 어딘가 어색하게 느껴질 만큼 생소한 것이었다. 하물며 수도 한가운데 자리 잡고 있는 섬을 통째로 녹지화한다는 건 퍽 놀라운 일이 아닐 수 없었다. 당시 인터넷에선 과거의 올림픽 영상을 퍼나르며 역시 사이버펑크의 나라답다는 얘기를 했는데, 최근 드러난 여의도 녹지화에 숨겨진 스캔들은 다시금 우리를 궁금케 한다. 우리는 정말 어떤 민족인 걸까.

한겨레의 뿌리는 잠시 잊고, 나무를 보자. 인공 광합성이 가능한 규소 기반의 허파 속에는 사람들이 들어차 있었다. 그곳에서 다름 아닌 첼리스트 노아 성의 독주회가 열릴 거라고는 생각하기 어려웠다. 바로 그것을 보기 위해 찾아왔는데도 말이다.

보아하니 그런 생각을 하는 게 나만이 아닌 듯했다. 그 흔한 현수막이나 안내도 하나 없는 숲속에서 사람들은 두리번거리기 바빴다. 하랑 누나가 몸을 기우뚱거리며 양팔을 몸에 딱 붙이고 손목 아래만 밖으로 까딱거리며 펭귄처럼 걸어 내 주위를 돌았다. 나는 나대로 당황해서 인터넷을 확인했다. 맞는데, 싶은 순간 심장을 건드리는 첼로의 중저음이 숲속에 울려 퍼졌다.

하랑 누나가 귀덮개를 내리며 바닥에 털썩 주저앉았다. 그러자 그 모습을 본 사람들이 하나둘 따라서 바닥에 엉덩이를 깔고 앉았다. 마치 하랑 누나를 중심으로 하는 동심원처럼 모두가 바닥에 자리를 잡았다. 그제야 깨달았다. 그 숲 전체가 무대라는 것을. 콘서트는 노아 성의 독주회가 아니었다. 나무 한 그루 한 그루가 음이었고 악기였다. 숲 전체가 하나의 오케스트라였던 것이다.

13
플라스틱 판타스틱 오케스트라

숲의 지휘자 노아 성이 마침내 전자 첼로를 허리에 차고서 나타났다. 그리고 그야말로 온 숲을 종횡무진으로 움직이며 활을 켰다. 관객 어느 하나 빼놓지 않고 그 울림을 가까이서 느낄 수 있도록, 그렇게 노아 성은 콘서트 내내 우리 곁을 뛰어다녔다.

인공숲 전체를 활용한 그때의 콘서트는 기네스북에 등재됨과 동시에 아직까지 전설처럼 회자된다. 그런 곳에 나와 하랑 누나가 있었다는 사실이 사실은 여전히 실감이 나지는 않는다. 그때 노아 성에게 받은 사인이 있기 때문에 분명 실제로 있었던 일이기는 하겠지만 개인적으로는 글쎄, 여전히 꿈만 같아서 그것이 정말로 내가 겪은 일인지 확신이 서지 않는다.

하랑 누나의 활기참으로 무대를 쏘다니던 노아 성이 마지막 곡을 남기고 이야기했다.

"Guten Tag. Ich bin die Heilige Noach."

그러고는 잠시 주변을 둘러보며 악동처럼 웃었다.

"장난이에요. 저 한국말 잘해요. 통역기 쓸 필요 없어요."

한바탕 웃음이 일었다. 노아 성은 땀과 열정으로 반짝반짝 빛나는 모습으로 잠시 숲 전체를, 그리고 사람들을 바라봤다.

"정말이지 독특한 곳이에요. 제가 나오는 가상현실 무대를 본 적이 있거든요. 그것보다 더 비현실적인 느낌이에요. 참, 그러고 보니까 한국에는 독특한 게 또 하나 있죠. 가상현실 학교. 이름이 학당이랬나. 혹시 그곳 학생 있나요?"

우리가 올 것을 알고 그랬던 걸까? 그건 아니었을 것 같다. 왜냐하면 초등학교 졸업 이후 하랑 누나는 할머니의 반대로 이런 시간을 보내지 못했기 때문이다. 노아 선배는 당연히 혼자서는 가지 않았다. 그런데도 노아 성은 꾸준히 티켓을 보내 왔던 것이다.

그건 그거고, 나는 손을 들고 싶었다. 그래서 알리고 싶었다. 여기, 내가 있다고. 하지만 그럴 용기가 내겐 없었다. 그러나 하랑 누나는 아니었다. 누나가 한쪽 손을 번쩍 들더니 그걸로는 성에 안 찬다는 듯 내 팔을 잡고 높이 들었다.

나로서는 상상도 못 할 일이었다.

노아 성은 물론 그곳 모두가 우릴 쳐다봤다. 노아 성이 첼로를 멘 채 성큼성큼 다가왔다. 나는 벌떡 일어났고 누나도 따라 일어섰다. 하랑 누나를 알아본 듯 노아 성이 환하게 웃고는 날 보더니 의문을 가진 듯 입꼬리를 내렸다. 그러나 아주 찰나였고, 마치 준비된 대본을 읊듯 노아 성이 반갑게 물었다.

"안녕하세요, 우리 학생 이름이 어떻게 되나요?"

"나의 이름은 장하랑입니다. 2025년 8월 9일 오전 10시 11분에 서울 관악구 봉천동 사백육십삼 다시 사 김정화산부인과에서 출생했지요. 얘는 시현."

물론 하랑 누나는 준비된 대본을 읊는 것을 정말 좋아했다. 그것을 노아 성도 알고 있었을 테니, 그를 좋아할 이유는 차고 넘치는 셈이었다. 아무튼, 하랑 누나의 편파적이지만 사실에 근거한 소개에 더해 내가 웃음으로 인사를 대신했다. 노아 성은 마치 고향을 찾은 사람처럼 포근한 얼굴로 미소 짓고 고개를 주억거렸다. 그러더니 물었다.

"어때요, 좋아요, 지금?"

하랑 누나가 "좋아요, 좋아요!" 소리쳤고, 나도 그렇게 했다. 그리고 노아 성도 "좋아요, 좋아요!" 하면서 다시 중앙으로 돌아갔다.

"좋대요. 이보다 더 완전한 건 없는 것 같아요. 그냥 좋으면 될 텐데 안타깝게도 이 세상은 좋지 않은 일들이 많이 일어나고 있어요. 지금 이 순간에도 제가 사는 독일에서는 난민과 이민자, 그리고 그들의 후손들을 향해 혐오의 감정을 표출하고 있습니다. 그것도 매우 자랑스러워하면서요. 불과 20년 전만 해도 누구보다 적극적으로 그들을 포용했었다는 걸 잊기라도 한 걸까요?

누군가는 제2의 나치즘이 도래하게 될 거라며 거드름을 피우지만, 글쎄요, 저 같은 소위 '가짜' 국민들은 그저 두려울 뿐이에요. 하지만 할 수 있는 게 없죠. 이렇게 지구를 떠돌며 알리는 것밖에는요. 그러니 들어주세요. 알아주세요. 저라는 존재를, 우리의 존재를."

노아 성이 순식간에 감정을 잡고 활을 켜기 시작한 그때의 전율을 나는 잊지 못할 것이다. 그리고 노아 성이 했던 말은 결과적으로 이 이야기 자체에 많은 영향을 끼쳤다고 할 수 있다.

콘서트가 끝나고 돌아가는 내내 우리는 여운에 젖어 있었다. 나는 멀어져가는 녹음을 더는 보이지 않을 때까지 눈으로 좇았고, 하랑 누나는 수첩에 받은 노아 성의 사인 위에 자기만의 장식을 덧칠하느라 정신이 없었다.

올 때는 엿가락처럼 늘어지던 시간은 딱 그만큼 수축해 우리를 정류장에 내려놓았다. 그리고 누나네 가는 길목에 들어섰다. 여전히 여운에 흠뻑 취해 아파트 단지의 입구로 들어서는데 근처 상가에 있는 중국집에서 양파 볶는 냄새가 솔솔 풍겼다. 딱 그때만 기다리고 있었다는 듯 허기가 밀려왔고 나는 멀리 보이는 빨간색 장식을 손으로 가리키며 누나한테 물었다.

"누나, 짜장면… 누나?"

하랑 누나는 내 옆에 없었다. 심장이 덜컥 내려앉는 심정으로 주변을 돌아봤다. 어휴. 다행히 저 뒤에 있었다. 누나는 거기 그냥 서 있었다. 두 팔을 보이지 않는 끈으로 꽉 묶은 것처럼 몸에 착 붙이고 그냥 서 있었다. 뭔가를 집중해서 하는 것 같지는 않았다. 나는 정신을 차리고 누나한테 달려갔다.

"왜요?"

누나는 지금 불안한 거였다. 하지만 집을 코앞에 두고 그럴 만한 게 뭘지 나는 꿈에도 생각지 못했다. 누나가 힐끔힐끔 쳐다보는 쪽을 나 역시 살폈지만 거기에는 빨간색, 그러니까 중국집뿐이었다.

"집 앞이에요. 누나네 동네. 조금만 가면."

"노아."

누나가 계속 말했다.

"노아. 노아."

노아 성을 더 보고 싶은 걸까? 나는 그야말로 패닉에 빠졌다. 어떻게든 집에 도착해야 한다는 마음뿐이었다.

"저기만 지나면 집인데…."

"노아!"

누나는 내가 왜 이해하지 못하는지 알 수가 없어 답답하다는 듯 주먹을 날렸다.

"노아! 노아 갔어. 노아 갔어."

그때 전화가 왔다. 하랑 누나의 어머니였다.

"어디쯤이야? 잠깐 나왔어."

어머니가 하랑 누나의 목소리를 듣고 대번에 물었다.

"중국집 앞이니?"

누나가 조금 있으면 날 죽일 것 같은 타이밍에 어머니가 단지 쪽에서 달려와 누나를 껴안았다. 그리고 미리 짜인 각본을 외듯 말했다.

"노아 간 거 아니야. 노아 간 거 아니야. 노아 학교에 있잖아. 하랑이 다니는 학교에 노아도 있잖아."

온몸으로 중국집 쪽을 막아서서 하랑 누나를 안은 채 어머니는 옆걸음을 뒤뚱뒤뚱 걸었다. 나는 머릿속이 복잡했지만 일단은 어머니 곁에 붙어서 중국집을 가렸다. 노아 간 거 아니라고, 학교에 있다고 끊임없이 중얼거리면서 어머니가 날 보고 미소 지었다. 서글퍼 보이는 미소였다.

콘서트 탓인지 노아 때문인지 녹초가 된 하랑 누나가 자는 동안 어머니는 그 중국집에 관해 이야기해주었다. 그곳은 초등학교 졸업식 때 갔던 곳인데, 그때 노아 선배도 함께였다.

그전부터 중학교 진학에 대한 걱정을 어머니는 하지 않을 수 없었다. 노아 선배가 워낙 영특했기에 국제중학교처럼 하랑 누나가 갈 수 없는 학교로 진학하는 것을 염두에 두기는 했지만, 가상현실 공립학교라니 꿈에도 생각해본 적 없는 변화에 어머니는 좌절조차 하지 못했다. 뒤늦게 학당에 대해 알아보고 목소리를 냈지만, 그건 그거고 당장 노아 선배는 학교에 가야 했다. 그리고 노아 선배는 졸업식을 마치고 간 중국집에서 이별을 고했다.

"그때 생각하면 진짜 웃겨."

하지만 눈물을 훔치며 어머니는 애써 밝게 말했다.

"노아는 꼭 죄라도 저지른 것처럼 훌쩍이면서 말하지, 하랑이는 노아가 무슨 말을 하는지 귀신같이 알고 몸 흔들지, 나는 멍청하게 그 둘을 바라만 보고. 그것도 셋 다 입에 짜장을 범벅해놓고 말이야.

아, 그게 뭐야. 나중에는 하랑이가 진정이 안 돼서 결국 내가 노아를 보냈지. 아까 그 길을 혼자 가면서 자꾸만 뒤를 돌아보는데 그때 노아 얼굴이 지금도 가끔 꿈에 나타나. 화가 잔뜩 나서는 나한테 막 따지는 거야. 대체 왜 이렇게 됐냐고, 왜 이렇게 돼야만 하냐고. 그럼 부끄러워. 하랑이 엄마이기 이전에 이런 세상에서 먼저 살아온 사람으로서, 부끄러워. 부끄러워서 잠에서 깨."

그래서 노아 선배는 학당을 향해 분풀이해왔던 걸까? 학당의 문제점을 끊임없이 세상에 대고 알리는 것으로? 나는 다시 찾아오기로 하고 일단 집으로 돌아갔다. 하루가 너무 길게 느껴졌다. 하지만 끝이 아니었다.

집에 들어가자 나는 기민한 동물처럼 묘한 공기를 감지했다. 그러나 더 긴장할 여력이 내게는 없었고 그래서 짜증이 치밀었다. 내가 숨겨두었던 이어폰과 노아 성의 음반을 내밀고 이런 게 왜 있는지 의아하다는 얼굴로 엄마가 날 보았을 때 나는 태어나서 처음으로 엄마한테 화를 냈다.

"왜, 이 집에 이런 거 있으면 안 돼? 난 청인이라고!"

그러고는 이어폰과 음반을 가지고 방으로 들어갔다. 문을 닫고 싶었지만 차마 그건 할 수 없었다. 보이는 것이 전부인 엄마에게는 닫힌 공간이 공포를 불러일으키기 때문이다. 엄마는 조금 당황해하면서도 전혀 그럴 일이 아니라는 듯 특유의 천진난만한 태도로 따라 들어와 내게 이것저것 물었다.

엄마가 별것 아니라는 태도로 나오면 세상만사 정말 별것 아닌 것이 되어버려서, 조금 전 태도에 대해 사과조차 할 수 없어져 그냥 그렇게 일상으로 돌아가고 말았다. 그날 밤 이어폰을 꽂고 노아 성의 연주를 듣는데 이상하게 쓸쓸해서 나는 또 울었다.

*

다음 날 나는 제피룸 부원들에게 콘서트에 다녀온 일을 이야기했다. 수리 선배가 끼어들어 물었다.

"정신 사납게 손 되게 움직이네. 그래서 결론이 뭔데? 거래 성사야?"

나는 두 손을 등 뒤로 감추고 어버버하며 겨우 말했다.

"아직 거, 거기까지는… 콘서트 끝나고 가, 갑자기 누나한테 이, 일이 생겨서…."

"딱하도다."

수리 선배가 가슴을 치며 머리를 풀어헤치고 구석으로 가버렸다. 건이 선배는 날 보고 신경 쓰지 말라는 듯 웃어주었다. 노아 선배는… 아니나 다를까 실끈을 풀어 손장난을 치기 시작했다. 나는 그런 노아 선배의 눈을 보았다. 하랑 누나 어머니의 꿈속에 등장하는 화난 노아를 생각했다.

"하고 싶은 말 있어?"

노아 선배가 나와 눈을 맞춘 채 물었다.

"듣고 싶은 말은 있을 것 같아요. 선배가요."

노아 선배의 손이 잠깐, 아주 잠깐 멈칫했다.

"글쎄. 콘서트 얘기라면 별로."

"하랑 누나 얘기요."

손이 완전히 멈췄다. 그리고 표정이 일그러졌다.

"내가 왜 그 얘길 듣고 싶어 할 거라…."

"저는요."

내가 단호하게 말했다.

"말 자체를 그리 잘하는 편은 아니에요. 그래서 에둘러 표현할 줄도 모르고요, 솔직히 그래야 할 이유도 모르겠어요. 그래 봤자 힘만 들고 생각을 제대로 전달할 수도 없잖아요."

노아 선배는 그냥 들었다. 내 눈을 보고서. 그래서 나는 한결 편안하게 계속 말했다. 손이 멋대로 움직여도 신경 쓰지 않았다. 콘서트를 보고 돌아오는 길에 벌어졌던 일, 행동, 말, 감정 들을 있는 그대로 전했다. 어느새 노아 선배는 눈물을 흘리고 있었고, 말하는 나 또한 다르지 않았다.

"그러니까 그냥 선배가 직접 해요. 가서 말해요. 전달하라고요, 선배가 느끼는 감정을."

노아 선배는 뒤늦게 약간 당황해하며 눈물을 훔치고는 서둘러 머리를 묶었다.

"할 거야. 만나서 직접. 바로 여기, 학당에서."

14
자기아즘 해킹하기

노아 선배의 똥고집을 꺾을 수 있는 건 인간 중에는 없지 싶다. 결국 나는 다시 하랑 누나네를 찾아갔다. 늘 그렇듯 기다렸고 함께 밥을 먹었다. 조급한 마음에 곧바로 누나를 따라 방에 들어가려다 할머니표 불호령을 듣고는 밥그릇과 수저를 싱크대에 담그고 10초 동안 물을 틀었다.

내가 스케치북에 빨간색 버튼을 그리며 설명을 시작한 건 그러고도 한참 후였다.

"홍문관 13번 사물함에서 이걸 찾아서 실행해줘요. 그거면 된대요."

오해가 있을 수 있으므로 설명이 필요할 것이다(또한 수리 누나의 지시 사항이기도 한데, 이 이야기를 하면서 기술적인 도움을 많이 받았기 때문에 나로서는 그 명령에 따르지 않을 수 가 없다). 학당의 보안이 그 정도로 허술한 것은 절대 아니다. 물론 학당도 사람이 만든 것이니 완벽할 순 없고 지금도 간간이 사소한 해킹 문제가 불거지기는 하지만, 하랑 누나를 통해 학당 내 벽을 폭파시키는 따위의 일은 불가능하다. 적어도 중학교 2학년 수리는 불가능하다고 한다.

중학교 2학년 수리가 노렸던 것은 학당만의 특성을 역으로 이용하는 거였다. 그 특성이란, 내가 처음에 양해를 구하며 늘어놓았던 설명과 이어진다.

"너희, 우리 학당만이 가지고 있는 특성에 대해 아는 바가 있나?"

아무 반응도 없자 수리 선배는 어깨를 떨궜다.

"이럴 거야? 너흰 한 번도 너희 스스로에 대해 생각해본 적 없어? 다른 것도 아니고 자기 자신인데? 왕건, 넌 하다못해 거울이라도 볼 거 아니야? 그게 널 보고 꺅꺅대는 애들에 대한 최소한의 예의지."

"뭐, 가끔은?"

"그러면서도 생각을 안 해봤단 말이야?"

"뭘?"

"우리가 실은 우리가 아니라 아바타라는 사실을!"

생각해본 적 없었다. 사실 '완전몰입'형 가상현실이라는 것 자체가 그런 인식을 하기에 적합하지 않다. 현실을 의식하는 순간 그것은 더 이상 '완전몰입'이 아니게 될 테니 말이다. 지금 여기에 있는 나는, 그냥 나인 것이다. 그것이 게임 속 세상이고 내가 게임 캐릭터일 때에도 그럴진대, 이렇게 실제와 똑같은 모습을 하고 있는 학당에서는 오죽할까.

학당을 처음 소개하면서 나지율 개발자는 무엇보다 그 점을 강조했었다. 사람들은 의문을 던졌다. 어차피 가상현실인데 학생 개개인의 모습을 자동으로 생성하는 특수한 시스템이 필요한 이유가 있는가? 그런 것에 쓸 기술력으로 더욱 개인화된 교육을 제공해 아이들의 성적을 향상시키는 게 효율적이지 않나?

나지율 개발자는 강경하게, 약간은 냉소적으로 답했다. 그래서 우리나라 교육이 이 지경에 이른 거라고, 그래서… 그런 불행이 닥쳤던 거라고.

학생의, 아니 인간의 학습을 위한 상용 프로그램은 이미 도처에 널려 있다. 그 양과 질을 국가에서 운영하는 학교가 쫓기란 불가능에 가깝다. 이미 충분히 늦었지만 지금이라도 달라져야 한다. 안 그러면 더는 희망이 없다. 학교는 무엇보다 사회화에 중점을 두어야 한다는 것이 나지율 개발자의 말이었다. 아이들이 가상의 공간에서 사회화를 학습하기 위해서는 반드시 자신이 개발한 시스템이 필요하다는 나지율 개발자의 연설은 열띤 호응을 불러일으켰다.

"물론 3D 촬영 같은 거로 개인화된 아바타를 구현하는 최신형 가상현실 게임도 없지는 않아. 하지만 번거롭지. 비싸고. 과연 전교생의 아바타를 제작하기 위한 시간과 비용이 얼마나 들까? 그걸 정부와 국민이 납득할 수 있을까?

어림없지. 그래서 학당의 제작자 나지율 님께서는 혁신적인 아이디어를 발명했는데 그 이름도 거룩하신 '자의식 기반 아바타 생성 알고리즘', 줄여서 '자기아즘'이라고 하는 것으로 문제를 해결했다 이 말이야."

쉽게 말해 내가 생각하고 느끼는 내 모습을 기반으로 아바타를 자동으로 생성하는 시스템이다. 거울에 비친 상이 다름 아닌 자기 자신이라는 인식을 사람은 대개 생후 15개월쯤 갖게 된다. 사람뿐만 아니라 침팬지나 돌고래, 코끼리와 까마귀 등의 동물 일부도 자기 인식을 할 수 있다.

하지만 자기 인식을 비롯한 자의식이 부족하거나 왜곡된 경우는 어떨까? 자신의 외모는 물론 존재 가치를 의심하며 사는 수리 선배는 바로 그 부분을 확인하고 싶었다고 한다.

"가성비 면에서 자기아즘을 이길 방법은 없을 거야. 흠이 있다면 가성비 좋은 제품이 다 그렇듯 디테일이 부족하다는 거?"

바로 그 부족한 디테일 때문에 우리의(엄밀하게는 중학교 2학년 수리의) 계획이 통했다는 것을 인정하는 일은 겸손이 아니다. 그리고 학당이 그렇게 가성비에만 매달려 서둘러

열린 원인이 다름 아닌 6년 전 사고라는 사실을 우리는 기억해야 한다. 잊지 말아야 한다.

자신의 가설을 설명하는 데 한창이던 수리 선배가 불쑥 물었다.

"너희 엄마 디자이너라고 했지?"

"네."

"정확히 뭘 디자인했지?"

"홍문관이랑 그 밖의 주요 건물들?"

"여기 이 동아리방도?"

"모든 공간을 혼자 만들 수는 없어요. 하지만 관리 정도는 했을걸요."

"좋아, 어쨌거나 사람이 만든 거야."

수리 선배가 검은색 마커를 손가락으로 집어 들고 물었다.

"딱한 너희에게 이게 뭐로 보이지?"

"딱하게도 마커로 보이네."

건이 선배가 대꾸했다.

"희망이 있군. 다시 질문."

수리 선배가 다시 마커를 까딱까딱 흔들었다.

"이게 왜 마커라고 생각되지?"

그러고는 다른 손으로 빨간색 마커를 들고 흔들었다.

"이 둘은 뭐가 다르지?"

"또 시작이네. 야, 마수리, 빨리 마술 걸고 안 끝내?"

"시끄러워, 이 대하 사극처럼 질리는 놈아."

수리 선배는 안경을 고쳐 쓰고는 말했다.

"안 되겠군. 이쯤에서 딱한 너희에게 그만 광명을 찾아줘야지. 이런 비품을 일일이 사람이 만드는 건 효율적이지 못해. 어디 그뿐이야? 이 화이트보드, 의자, 책상, 사물함 등등. 그렇잖아, 육조거리의 모래 한 알, 풀 한 포기를 어느 세월에 만들 거며 왜 그래야 하지?

이것들은 모두 학당의 시스템이 자동으로 생성하는 것들이야. 우리를 만들 때와 정확히 같은 방식으로. 무슨 말인지 알겠어? 학당이 비품이나 배경을 만들 때, 우리의 의식을 갖다 쓴다 이 말이야. 즉, 학당은 우리의 의식을 기반으로 존재한다 해도 과언이 아니란 말씀."

"하지만 사람마다 느끼고 생각하는 게 다르잖아요. 누군가한테 저 마커는 빨간색이 아니라 초록색으로 보일 수도 있으니까."

수리 선배가 손가락을 튕겼다. 옆에서 건이 선배가 말했다.

"그… 색약 말하는 거야? 그거 아기 때 다 교정되지 않나? 종합 접종 때."

"포인트가 그게 아니잖아, 이 딱하디딱한 친구야. 똑같은 물건도 사람에 따라 다르게 느낀다는 거, 이게 포인트지. 학당은 개개인의 인식 차이를 메워버려. 평균이라는 마법의 도구를 써서. 그래서 나는 그 평균이라는 도구의 허점을 이용할 생각이야."

그리하여 수리 선배가 그리는 최종적인 그림은 다음과 같았다. 하랑 선배를 통해 그쪽 세상에 통신 수단을 설치한다. 그곳과 이곳의 평균을 비교해 차이가 심한 곳을 찾는다. 그곳의 오류를 증폭시킨다.

수리 선배의 계산에 따르면 증폭된 오류로 인해 잠시나마 벽이 허물어지는 효과를 기대할 수 있다고 했다. 그러면 우리가 보지 못하던 세상이, 그곳 아이들이 드러날 터였다. 아주 잠깐만이라도 말이다.

하랑 누나가 홍문관 사물함에서 찾아 실행한 것은 학당에서 제공하는 통신 모듈을 이용한 거라 작동 자체는 문제가 없었다. 수리 선배는 하랑 누나를 통해 본격적으로 그쪽 세상을 탐사했다. 하랑 누나와의 의사소통에 조금 어려움이 있었지만 그것도 잠시, 두 사람은 외계 신호를 주고받듯 거침없이 학당을 돌아다녔고, 그 결과는 예상을 뛰어넘었다. 그쪽 세상의 평균을 맛본 수리 선배는 그야말로 황홀경에 빠져 제정신이 아니었다.

"꿈의 세상이야!"

하지만 그건 어디까지나 '복장자율화추진운동본부'의 본부장 관점이었다. 내가 본 하랑 누나네 세상은 조금 어지러웠다. 특히 홍문관 쪽이 그 정도가 심각했는데, 그게 다 내가 숨긴 비밀의 방 때문이라는 사실에 얼굴을 들 수가 없었다. 그것만 제외하면 모든 것이 순조롭게 흘러갔다. 너무 순조로워서 문득문득 어라, 하는 마음이 들었다. 그때 주변을 돌아보아야 했다. 놓친 것이 없는지 챙겨야 했다. 하지만 우리는 그저 속도에 들떠 자꾸만 가속했다.

나와 수리 선배는 모든 준비를 마치고 동아리방 창가에 앉아 건이 선배에게 사인을 보냈다. 평소 건이 선배의 팬을 자처하는 2백여 명에게 작은 팬 미팅 이벤트 소식을 돌렸었다. 예정된 시간이 되자 학생들이 몰려나왔다. 수리 선배의 예측대로, 소위 '찐팬'에게만 돌린 소식의 파급력은 어마어마했다. 순식간에 학생들로 들어차는 홍문관을 지켜보고 있는데 조금 소름이 끼쳤다. 그러나 겨우 시작일 뿐이었다.

"4시 방향!"

나는 쌍안경을 들고 오른쪽을 보았다.

"딱한 놈아, 우리의 기준은 오직 노아뿐이라고!"

노아 선배는 건이 선배를 지켜볼 수 있는 뒤편 구석에서 어딘가를 주시하고 있었고 우리는 그쪽으로 시선을 돌렸다.

"왔어, 왔어."

수리 선배의 홍 섞인 말대로 노아 선배가 보는 쪽 하늘에서 뭔가 변화가 포착됐다. 수리 선배가 통신기에 대고 하랑 누나를 향해 소리쳤다.

"좋아, 좋아, 쭉 오라고!"

같은 시각, 하랑 누나가 저쪽 세상에서 아이들을 데리고 문제의 지점으로 오고 있었다. 하랑 누나와 함께 저쪽 학당을 탐사하던 수리 선배는 아이들이 단체로 이동하는 시간대를 파악해 두었고 약속한 시각에 하랑 누나는 친구 몇 명을 데리고 오기로 되어 있었다.

이쪽이나 저쪽이나 방법은 같았다. 그렇게 학생들과 학생들이 모이고 자의식 뭉치가 충돌했다. 거기에 마수리표 특수효과를 덧입혔다. 완벽했다.

완벽하게 지옥이 펼쳐졌다.

15

#학당에서_출재됐다

보이지 않는 아이들을 만나면? 그다음은? 그 이후의 일을 우리 중 그 누구도 생각해보지 않았다는 것은 지금 돌이켜 보면 얼굴이 달아오를 정도로 의아한 일이다. 아니, 정확히는 하랑 누나를 뺀 우리 넷이라고 해야 할 것이다. 하랑 누나는 준비 과정에서 자꾸만 팔을 퍼덕거렸는데, 나는 그게 우리랑 함께여서 그러는 거라고만 생각했다. 어쩌면 누나는 우리 중 유일하게 앞으로의 일을 감지해 철새처럼 자기만의 신호를 보냈던 게 아닐까?

그것을 우리는 보지 못했다. 보지 않았다고 해도 틀린 말은 아닐 것이다. 그때 우리는 뭔가에 흠뻑 취해 있었던 것 같다. 우리가 학당과 세상을 상대로 뭔가를 할 수 있음을,

그로써 정치적으로 올바른 일을 할 수 있을 거라는 생각에 거의 제정신이 아니었다.

우리는 그저 핼러윈 파티를 준비하듯 이마를 맞대고 어떡하면 더 충격적으로 사람들을 놀라게 할 수 있을까 따위나 고민했을 뿐이다. 보이지 않는 아이들을 만나겠다면서 정작 그 애들은 안중에도 없었다. 어떻게 그런 일이 가능했을까.

그때 우리는, 세상이 그래왔듯 똑같이 그들을 배제한 셈이었다. 그래서였을 것이다. 노아 선배가 하랑 누나를 피했던 것은. 그러면서도 포기할 수는 없었고, 결국 그것이 악순환처럼 작용해 우리를 몰아갔던 거라는 생각이 든다.

마수리표 특수효과로 인해 학당은 개기일식이라도 온 듯 어스름이 깔렸고, 번개가 치듯 번쩍거리는 한편, 하늘에 금이 가더니 와장창 깨지며 부서져버렸다. 그 정도면 사람들이 깜짝 놀라고 상황을 파악할 수 있을 거라는 수리 선배의 예측은 보기 좋게 빗나갔다.

두 학당을 나누던 논리적 벽이 사라지자 논리로 유지되는 세상은 문자 그대로 비논리적인 충돌로 무너져 내렸다. 새로운 건물과 시설이 생겨나며 한데 엉키고 팬 미팅이 진행 중이던 홍문관 건물 곳곳에서 없던 학생들이 생겨났다. 마치 '괴물' 같은 모습으로.

새롭게 나타난 쪽만 그런 게 아니었다. 원래 이편에 있던 쪽에서도 같은 변화가 있었다. 건이 선배가 그중 하나였다. 멀리서 본 건이 선배는 하반신이 거미처럼 바뀌었고 주변 학생들은 놀라서 비명을 내질렀다.

단 6초 동안의 일이었다. 놀란 아이들이 그대로 접속이 끊겨 사라졌고 당연히 시스템이 긴급 프로토콜을 실행했다. 학당 전체가 셧다운 됐다. 그리고 대한민국이 뒤집혔다.

그때 나타난 변화들이 정확히 어떤 원인으로부터 발생했는지는 아직까지도 밝혀진 것이 없다. 수리 선배는 그것이 그때 자신이 세운 가설대로 자의식 뭉치 간에 발생한 충돌 때문이라고 생각하고 지금도 관련 연구를 진행 중이지만, 여전히 그 가설은 가설로 남아 있다.

학당에서 두 번째로 튕기면서 나는 화장실부터 찾았다. 하지만 생각보다 속은 괜찮았다. 괜찮지 않은 것은 세상이었다. 엄마가 폰을 든 채 놀라서 달려 나왔다. 나도 달려가서 TV를 켰다. 그리고 폰으로 소셜미디어 등의 실시간 상황을 체크했다.

학당에서 튕긴 학생들이 '#학당에서_출재됐다' 태그를 달고서 저마다 한마디씩 하고 있었다(학당 학생들다운 낱말 선택이었는데, 말하자면 쫓겨났다는 뜻이었다). 대부분의 학생들은 당연히 튕김의 원인이 특정 학생들의 소행 때문이라는 것을 모르고 그저 게임을 하다가 서버가 끊긴 것에 대한 불만 정도를 토로하며 나름 재밌어했다.

하지만 건이 선배의 작은 팬 미팅에 참석했던 사람들은 자신들이 목도한, 어딘가 이 세계 얘기가 아닌 것 같은 목격담을 쏟아냈는데, 그들 중 몇몇은 내가 하랑 누나를 처음 마주하고 튕겼을 때 느꼈던 부작용을 호소하기까지 했다. 아마 그것이 조금만 더 보편적인 반응이었다면 집단 소송으로 이어졌을지 모른다.

곧 학당이 셧다운 됐다는 소식이 퍼졌고 교육부 장관이 긴급 브리핑을 했다. 기자들은 학당이 갑자기 끊긴 원인과 현 상황에 관해 물었지만 적어도 내가 알고 있는 내용이 답으로 나오진 않았다.

여기에서 다시 나는 여러분을 다른 곳으로 데려가야 한다. 교육부 장관이 국민의 관심을 끌고 있는 동안 나지율 개발자는 쓰고 있던 헬멧을 거의 벗어 던지고는 노아 선배의 방으로 갔다.

노아 선배는 학당에서 튕기고 나서도 여전히 헬멧을 쓰고서 떨고 있었다. 그걸 본 나지율 개발자는 순전히 본능적으로 달려가서 노아 선배의 헬멧을 벗겨냈다. 다른 사람도 아니고 학당을 만든 나지율 개발자는 자신의 시스템으로 인한 부작용의 가능성을 인정하지 않으면서도 당장 안도의 한숨을 내쉬지 않을 수 없었다. 문득 정신을 차린 나지율 개발자가 노아 선배의 양어깨를 움켜쥐고 소리쳤다.

"너, 무슨 짓을 한 거야?"

노아 선배는 그저 훌쩍였다. 그래도 엄마를 보고 진정할 수 있었다. 그때의 노아 선배는 엄마만 보면 차가운 불꽃이 일었기 때문이다. 왜 그랬는지는 곧 알게 된다. 일렁이는 눈으로 엄마를 쏘아보던 노아 선배는 엄마의 손을 뿌리치고 침대에 몸을 던졌다.

"나가!"

"네가 무슨 짓을 했는지 몰라서 이래? 학당이 셧다운 됐어! 수만 명의 학생이 영문도 모르고 학당에서 튕겼다고!"

노아 선배가 달려들 기세로 몸을 일으켜 소리쳤다.

"그래서 뭐? 뭐 어쩌라고! 그딴 학당 차라리 이참에 확 지워버려!"

귓방망이가 날아갈 타이밍이었다. 체벌에 여전히 거부감이 없는 우리 엄마였다면 말이다. 하지만 나지율 개발자는 아니었다. 이성적이라는 말의 결정체 같은 사람이었다. 나지율 개발자는 침대 옆에 무릎을 꿇고 딸과 시선을 맞췄다. 나지율 개발자에게는 무엇보다 대책을 세우는 일이 급선무였다.

"말해, 너희가 무슨 짓을 한 건지."

그러고는 음성인식 기능을 이용해 교육부 장관이 쩔쩔매고 있는 모습을 틀었다.

"입학식 때하고는 달라. 그때 너희는 영리하게 불꽃을 일으켰지만, 지금은 무모하게 불을 질렀어. 불꽃은 운 좋게 하랑이를 학당에 데려왔지만, 불길은 다시 하랑이를 내쫓을 거야. 그게 네가 바라는 거야?"

노아 선배는 진짜 불이라도 낸 아이처럼 겁에 질려 중얼댔다.

"난… 그냥… 걜 만나고 싶었어. 평범하게."

"방법이 잘못됐어. 네가 조금만 날 믿고 기다려줬다면 계획대로 3년 안에…."

"그렇게 믿고 기다리다가 언니는 갔잖아."

교육부 장관의 말 더듬는 소리만이 방 안을 겉돌았다. 나지율 개발자는 어떻게 그런 말을 할 수 있느냐는 듯 노아 선배를 쳐다보면서도 한마디도 할 수 없었다. 어쨌거나 사실이었다. 감금 증후군으로 몸이라는 감옥에 갇혀 있던 노아 선배의 언니는 나지율 개발자가 가상현실에 매달리게 한 원인이었다. 그런 나지율 개발자의 필사적인 헌신에 학당의 개발은 순조로웠다.

그러나 아무리 그래도 물리적인 장벽은 존재했다. 시간이라는 장벽을 넘지 못했던 것이다. 나지율 개발자는 큰딸이 죽고 나서도, 아니 죽고 나서 오히려 더 학당에 매달렸다. 결국 학당은 문을 열었지만 노아 선배는 혼자였다. 언니도, 하랑 누나도 없었다.

나지율 개발자는 주먹을 쥐었다 폈다 하면서 평소와 다름없는 목소리로 말했다.

"그래, 노을이는 갔어. 그리고 하랑이도 기회를 뺏길 거야. 하지만 다른 애들은? 앞으로 학당에 입학할 수십만의 아이들은? 노아야, 한 번만, 마지막으로 딱 한 번만, 엄마 믿어. 무슨 일이 있어도 하랑이 고등학교 다닐 때까지는 만날 수 있게 할게. 평범하게."

마지막 말이 노아 선배를 울렸다.

그리고 나지율 개발자는 딸의 믿음을 저버리지 않았다. 나지율 개발자는 학당이 존재할 수 있게 해 준 자신의 알고리즘을 전면 백지화해 학당을 새로 설계했고 하랑 누나는 4학년으로 학당의 입학식에 참석했다. 노아 선배와 함께.

그러나 그것은 이후의 이야기다. 아직 우리는 해결해야 할 문제가 남아 있다.

노아 선배의 이야기를 들은 나지율 개발자는 급히 기자회견에 원격으로 참여했다. 문제가 발생한 이유를 설명하며 자신의 알고리즘이 더욱 폭넓은 다양성을 추구하지 못했기 때문이라고 솔직 담백하게 털어놓았다. 구체적인 개선안도 이야기했다. 마지막으로 당장 무엇을 할 예정인지 밝혔다.

"특수학급을 물리적으로 독립된 별도의 서버에서 운영함으로써 상황이 마무리될 수 있을 거라고 생각합니다."

최근 나는 그때의 발언에 표면적인 의미 외에 다른 뜻이 있는지 물었다. 나지율 개발자는 늘 그렇듯 차분하게 그렇다고 답했다. 그러니까 말인즉슨, 이 정도 양보하는 것으로 괜한 꼬투리 잡지 말라는 거였다. 그러나 애석하게도 어떻게 기자가 됐는지 모를 누군가가 이런 질문을 했다.

"문제가 된 장애 학생들을 계속해서 학당에 등교시키겠다는 말씀인가요?"

나지율 개발자는 질문자를 아주 잠깐 (노려)보고는 접속을 끊고 작업에 착수했다. 그렇게 두 세상은 물리적으로 완전히 단절됐다.

혹시 이런 의문이 들지도 모르겠다. 아니, 뭘 그렇게까지? 그것은 어떤 측면에서든 품을 법한 의문이다. 나의 입장에서는 왜 이렇게까지 숨기고 나눠야 하는지 모르겠지만, 또 다른 입장에서는 정반대로 같은 의문을 표할 수도 있는 것이다.

하지만 또 일부는 완전히 다른 이야기를 했는데, 나지율 개발자의 대책에 불만을 표하며 가상현실 학교 자체를 폐기해야 한다며 태극기 이모티콘을 찍었다. 그런 일부 극단적인 반응을 굳이 찾아내 보도하는 뉴스 프로그램을 꺼버린 엄마는 잔뜩 화가 난 얼굴로 말했다.

"다양성은 꼭 저런 데만 적용."

"난 모르겠어. 저렇게까지 해야 할 일이야?"

문득 번갯불에 콩 볶듯 특수교육용 학급이 신설됐던 일이 떠오르자 이 상황이 마치 한 편의 코미디 같았는데, 그렇다면 너무 저속해서 웃음조차 나오지 않는 류의 극이었다. 엄마가 내 앞에 앉아서 말했다.

"너도 알지? 네 또래 중에는 농은커녕 청각장애가 뭔지도 모르는 애가 태반. 기술이 발전하면서 차이는 줄어갔는데, 그래서 차별하기는 더 쉬워졌어. 눈에 더 확 띄니까."

엄마가 무슨 말을 하는지는 안다. 엄마가 나만 했을 때의 얘기다. 청각 신경을 치료하는 새로운 방법의 개발과 동시에 수많은 농인이 관심을 보였다. 엄마 같은 선천적인 농인보다는 사고나 노화로 청각장애인이 된 사람들이 더욱 적극적으로 치료를 선택했다.

인공와우 같은 예전의 방법은 그야말로 옛것이 되어버렸다. 부작용이 전혀 없지는 않았지만, 상당수의 사람이 청각을 되찾고 비장애인이 되었다. 하지만 농부모 밑에서 부족함 없이 자란 농인인 엄마는 치료를 미루고 미루었다.

마음이 아주 없는 것은 아니었다. 모종의 호기심 같은 것이 엄마를 몇 번이나 병원 접수처로 데려갔다. 그러는 동안 세상은 벌써 모든 걸 해결했다는 듯 저 멀리에서 엄마 같은 사람들을 향해 혀를 찼다. 농인으로 태어나 농인으로 자란 그들이 농을 버리는 일에 주저하는 것을 객기라며 폄하했다.

그래서였을까. 엄마는 그나마 가지고 있던 호기심마저 병원 접수처 대기표와 함께 구겨 버렸다. 어렸을 때 엄마는 동정받는 장애인이었지만, 지금은 그저 신기함을 자아내는 기인일 뿐이다. 엄마는 자신의 농을 자랑스러워하며 자신의 선택을 후회하지 않는다. 딱 한 경우만 빼고.

내가 청인으로 태어나 당신 못지않게 희소한 코다(CODA, Child Of Deaf Adult)라는 소수로서 살아가야 한다는 것을 깨닫고 엄마는 자신의 선택에 회의를 품었다고 한다.

나는 그저 울고 싶어서 두 다리를 끌어안고 턱을 괬다. 그러다 안 되겠다 싶어서 내 방으로 뛰어들어 갔다. 쫓아오는 엄마를 향해 나는 말했다.

"미안."

그리고 방문을 닫았다. 엄마가 문을 열려고 하더니 문을 쾅쾅쾅 두드렸다. 나는 더는 참지 못하고 그대로 주저앉았다. 문에 등을 기댄 채 목놓아 울었다. 내 안에 쌓여 있던 모든 것이 이때다 싶어 밖으로 쏟아져 나왔다.

처음에는 단순히 겁이 나고 두렵고 미안한 마음 때문에 흐르던 눈물이 몸속의 불순물을 함께 내보냈다. 불순물이 섞인 눈물은 따갑고 뜨거웠다. 화가 났다. 분노했다. 우리가 그렇게 큰 잘못을 했는가? 애초에 이런 일을 하게 만든 건 세상이 아닌가? 어떻게든 책임의 화살을 돌리고 싶었다. 그때 문자메시지가 왔다.

'울어?'

엄마였다.

'아니.'

'거짓말. 우는 거 다 보여.'

'엄마야말로 거짓말하지 말고 나 내버려둬.'

'난 거짓말 안 해. 넌 울고 있어. 목놓아 펑펑. 네 울음소리가 느껴져.'

문 두드리는 소리와 함께 그 떨림이 내 몸을 타고 전해졌다. '듣고 있어.' 하는 듯한 그 울림이 날 더 크게 울렸다. 문자메시지가 또 왔다.

'울지 마. 아니면 문 열고 내 앞에서 울어. 엄마 부탁.'

나는 얼른 일어나 문을 열었다. 엄마가 와락 나를 안았다. 엄마의 품에서 나는 또다시 목놓아 울었고 엄마는 내가 우는소리를 온몸으로 들어주었다. 그 이상의 위로는 있을 수 없었다. 한참을 그러고 있다가 엄마가 마침내 물었다.

"도대체 이게 다 무슨 상황? 설명해줘. 답답해."

나는 이야기했다. 입학식을 며칠 앞두고 마주친 유령에 대해. 입학식 날 벌어졌던 소동에 대해 알고 있던 엄마는 그 내막을 모두 듣고 입을 떡 벌렸다.

"하여간 애가 가만히 있다가 가끔 대형사고를 친다니까. 너 키우기 너무 힘들어. 기억나? 너 초등학교 입학하고 얼마 안 돼서 나 학교에 불려 간 거?"

초등학교 1학년 때라 자세히는 모르지만, 엄마가 학교에 와서 선생님하고 싸울 것처럼 대화를 나눈 것은 기억난다. 엄마의 전투적인 몸동작과 그것을 번역해 흘러나오는 음성언어는 차이가 너무 컸다.

"그때 설명하느라 개고생. 너는 너대로 이해 못 해서 울고."

선생님이 엄마를 부른 이유는 내가 친구들을 '놀렸기' 때문이었다. 나는 그저 평소 수어 이름을 부르듯 친구들을 불렀을 뿐이었다.

그렇다, 설명이 필요한 순간이다. 수어를 통해 대화를 나눌 때 가장 불편한 점이 뭐라고 생각하는가? 손동작이 많아 번거롭다는 거? 아니다. 일상적인 언어로 수어만큼 쉽고 빠른 언어도 없다. 길게 말할 것을 손동작과 표정 약간이면 전달할 수 있다.

단, 이름 같은 고유명사의 경우는 얘기가 다르다. 수어로 내 이름을 말하기 위해서는 시현의 ㅅ, ㅣ, ㅎ, ㅕ, ㄴ에 해당하는 손동작을 일일이 해야 하는데 이름 부르다 볼일 끝날 수도 있다.

그러나 수어 이름을 사용하면 그런 불편함이 해소된다. 수어 이름은 보통 사람의 특징적인 면을 표현하는 수어에 성별 수어를 붙여 만드는데, 이를테면 내 수어 이름은 '큰 눈+남자'다. 내가 유독 눈이 크다며 엄마가 지어준 이름이다. 엄마는 '그림 그리는 동작+여자'다.

학교에서는 음성언어를 쓰기 때문에 수어 이름을 쓸 필요가 없지만, 어디 사람이 필요한 것만 할 수가 있나. 당장 재한테 말은 해야 하는데 이름은 생각 안 나고, 그러면 일단 눈에 보이는 대로 잡아서 불렀던 것이다. 야, 긴 얼굴+남자! 저기, 빨간 볼+여자!

"그때 내가 했던 말 기억해?"

엄마가 물었다.

거의 생떼를 부리듯 잘못한 게 없다고 우는 나에게 엄마는 말했었다.

"너는 잘못 행동하지 않았어. 잘못 있었어. 그 상황 말이야."

그건 분명 쉽지 않은 말이었다. 실제로 이해하지도 못했었다. 하지만 지금은 달랐다.

"엄마 말이 맞아. 나는 그때 잘못 행동한 게 아니야. 상황에 맞지 않는 행동을 했을 뿐이지."

엄마가 활짝 웃었다.

"하지만 지금은 잘못했어, 그런 거지?"

"너희 의도는 알겠어. 하지만 적절하지 않았지. 그리고 무엇보다 너흰 다른 아이들한테 의견을 묻지도 않았잖아. 그러니까 그래, 너흰 잘못했어."

나는 울컥했다. 억울하다든가 해서가 아니었다. 창피하고 미안해서 북받치는 감정을 억누를 수 없었다. 엄마가 날 끌어안고 다독이고는 내 눈을 보며 한 손으로 반쪽짜리 말을 전했다. 그 뜻은 분명했다.

"사과해."

4부 * 지옥에서 살아남기

16
상황을 동기화 중입니다

학당은 바로 다음 날 다시 열렸다. 그러나 이야말로 반쪽짜리였다. 어쩐지 텅 빈 것처럼 느껴지는 복도를 걸어 동아리방으로 간 나는 습관처럼 문을 열고 들어가려다 벽에 부딪히듯 멈춰 서서 잠시 멍하니 있었다. 시스템 오류는 아니었다. 제피룸 동아리방이 잠겨 있었다.

나는 몇 번이고 신호를 보내다가 아예 돌아서서 2학년 구역의 노아 선배 반으로 갔다. 노아 선배와 수리 선배는 내던져진 다트 두 개처럼 창가 뒤쪽 자리에 꽂혀 있었는데, 그 둘도 둘이지만 교실 안 전체가 묘한 냉기를 뿜어내는 듯했다.

그 원인이 다름 아닌 제피룸 공식 따까리 2호인 나 때문이라는 사실을 깨닫고 움찔했지만, 이내 모른 척하고 노아 선배 쪽으로 다가갔다.

노아 선배는 날 본 체도 안 했다. 그 앞에 앉아 있던 수리 선배가 옆으로 돌아앉더니 뭐라고 말하려다 관뒀다. 나는 노아 선배가 날 보기를 기다리다가 참지 못하고 어깨를 톡톡 쳤다. 마침내 날 돌아본 노아 선배의 눈동자는 내 눈을 의심할 정도로 깊고 캄캄했다. 당황해서 말을 더듬으며 내가 말했다.

"저, 그러니까… 사, 사과해요."

수리 선배가 그 어느 때보다 심장 쫄리는 표정으로 끼어들었다.

"뭐래. 동기화 덜 됐냐? 미친 거야?"

"아, 아니, 제 말은, 사과하자고요. 사람들한테. 그래야 하는 거잖아요. 우리가 저지른 일…."

수리 선배가 내 입을 막으려고 손을 뻗었다. 터치 이상의 물리적인 접촉은 물론 불가능했지만, 나는 움찔하고 뒷걸음쳤다.

"입 닫어. 여기 우리만 있는 거 아니잖아."

그 말에 반 학생들의 등이 일제히 움찔했다. 아예 밖으로 나가는 사람도 있었다. 나는 목소리를 낮춰 말했다.

"제피룸으로 가요. 문이 닫혀 있던데 여는 방법 알려주면 제가 가서…."

"못 열어."

"왜요?"

"제피룸은 이제 없으니까."

나는 물리적인 충격을 받은 것처럼 어깨를 떨구고 허리를 굽혔다.

"당연한 거 아냐? 퇴학당하지 않은 게 다행이지. 그 사고를 쳤는데. 아, 진짜, 그러려던 게 아니었다고!"

또 한 무리의 학생들이 우르르 밖으로 나갔다.

"하지만 그랬어요. 우리가. 그러니까 사과해요, 우리. 하랑 누나한테도."

"뭐? 걔한테 사과를 왜 해?"

"우린 하랑 누나는 뒷전이었어요. 어떡하면 사람들을 놀라게 할까, 그래서 우리가 하려는 일을 알게 할까 고민하느라 정작 하랑 누나는 안중에도 없었다고요. 우리 중 그 누구 하나 누나한테 물어본 사람 있어요? 하랑 누나가 원하는지, 하고 싶은지, 어떻게 생각하는지. 오히려 필요 없다고 했는데도 뇌물 주고 억지로 끌어들였잖아요."

"콘서트 간다고 들떠 있던 게 누군데!"

"그래요, 저도!"

나는 자책감을 눌러 삼키며 말했다.

"하랑 누나고 제피룸이고, 콘서트 자체가 좋았어요. 그래서 누나 어머니가 하는 말도 제대로 못 들어서 집에 돌아오다 사고 쳤고요. 잘못했어요. 그러니까 사과든 뭐든 해야 하는 거 아니냐고요."

"학당에 대해서는 안 해도 돼."

노아 선배가 말했다.

"하더라도 내 책임이야."

"그래서 제피룸이 없어진 거야."

수리 선배가 거들었다.

"그럼… 하랑 누나는요?"

노아 선배가 그 시커먼 눈으로 날 보았는데 그것으로 마음은 충분히 전달되었다. 적어도 나는 노아 선배의 마음을 엿본 듯했다. 사과하기에는 너무나 커다란 무언가를 짊어지고 있는 사람의 절규를 나는 보았다. 하지만 그렇다고 그냥 넘어갈 수 있는 문제는 분명 아니었다. 나는 나 자신을 향해 주먹을 날리는 심정으로 힘주어 말했다.

"입학식을 망치는 폭탄으로 누나를 던져서는 안 되는 거였어요. 정말 하랑 누나를 위한 거였으면… 그날, 중앙 계단 쉼터에서 누나를 두고만 보면 안 되는 거였다고요."

노아 선배의 두 눈이 크게 흔들렸는데, 지금 돌이켜 보면 너무 심한 말이었다. 누군가는 왜 그렇게 직접적으로 말하느냐고 물을 것이다. 실제로 종종 그런 소리를 듣는데 나중에 알게 된 거지만 그것은 나의 정체성과 깊은 관련이 있다. 그러나 그런 것들을 떠나서 그때의 나는 다만 확실히 해두고 싶었던 것 같다. 우리가 잘못된 행동을 했다는 것을. 그래야 견딜 수 있을 것 같았다.

하지만 내가 생각해도 다소 비겁하지 않았나 싶었고, 최근에 노아 누나한테 그러한 얘기를 꺼냈다. 그러자 노아 누나가 내가 원래 싸가지가 없지 않느냐며 나를 놀렸고 이내 특유의 차분한 어투로 내게 말했다.

"뭐, 틀린 말은 아니니까. 좀 재수 없긴 했지만."

결국, 나는 혼자서 하랑 누나네 찾아갔다. 집 앞에 서서도 초인종을 누를 때까지 한참을 망설여야 했다. 마침내 초인종을 눌렀다. 기다렸다. 조용했다. 문은 열리지 않았다. 애가 타서 초인종을 다시 눌렀다. 기다렸다. 역시나 조용했다. 나는 문을 두드리며 할머니를 소리쳐 불렀다. 두려웠다. 문 옆에 기대앉았다. 그리고 기다렸다. 오만 가지 생각 때문에 한 치 앞도 보이지 않았다. 누군가가 날 부르는 소리에 정신을 차렸을 땐 태양조차 도망치고 난 뒤였다.

"너 여기서 뭐 해?"

하랑 누나의 어머니가 놀란 눈으로 묻고는 허겁지겁 달려와 나를 일으켜 세웠다. 아직 완전히 제정신이 아닌 채로 내가 중얼거렸다.

"미안해서… 초인종을 눌렀는데… 조용해서…."

어머니는 한숨을 내쉬고는 문을 열고 나를 안으로 들였다. 나는 다시 긴장의 끈을 조였다. 할머니의 불호령을 은근히 기다렸다. 하지만 집 안은 비어 있었다. 어머니가 방에서 커다란 가방을 가지고 나와 여기저기 돌아다니며 물건을 담았다.

"담요랑… 베개도 있어야 하고… 컵이랑… 또 뭐가 필요하지?"

"어디 가세요? 누나랑 할머니는요?"

또 다른 방에 들어가 옷가지를 가지고 나오다 어머니가 아차 하더니 말했다.

"지금 병원에 있어. 입원했거든."

나는 놀라서 "네?" 하고 거의 비명을 질렀다. 어머니가 나 때문에 놀라서 들고 있던 옷을 떨어뜨렸다.

"아니야, 아니야, 걱정하는 그런 거 아니야. 엄마가, 할머니가 조금 컨디션이 안 좋아서 잠깐 입원한 것뿐이야. 아무래도 나이가 있으시니까. 원래도 1년에 한 번 정도는 그래. 이번에는 좀 이르긴 하지만. 아무튼 괜찮으니까… 왜 울어?"

나 때문이라는 생각 때문에 울지 않을 수 없었다. 아무렇지 않아 보이던 어머니도 나를 안고 덩달아 울었다.

✴

정말이지 다행히도 할머니는 멀쩡한 모습으로 날 맞아 주었다. 하랑 누나와 할머니는 병실에서 함께 TV를 보고 있었는데 할머니가 드라마를 보다가 욕을 하자 하랑 누나가 할머니한테 할머니의 불호령을 내렸다. 뒤늦게 내가 왔음을 알고 할머니는 머쓱해하며 불호령을 내게 넘겼다.

"하라는 공부는 안 하고 허구한 날 저것이랑 노래나 듣더니, 내 그럴 줄 알았다. 사고 한 번 제대로 칠 줄 알았어."

"엄마, 애한테 뭔 소릴 하는 거야?"

어머니가 질색을 했고, 하랑 누나는 오리 목소리로 소리쳤다.

"안 돼! TV 볼 때는 정숙해야지! 할머니 천국 가면 내가 이놈! 한다."

"저년이, 아예 죽으라고 고사를 지내라!"

어머니는 당황해서 나와 하랑 누나를 병실에서 내보냈다.

"자, 할머니 괜찮지? 이제 너희는 가서 놀든 음악을 듣든 사과를 하든 해. 어서."

문이 닫혔다. 하랑 누나는 여전히 할머니를 보듯 문을 향해 선 채로 혼잣말하듯 웅얼댔다.

"천국 가면 좋아?"

"할머니 천국 안 가요. 그냥 조금 지치신 거예요."

"천국 가면 좋아?"

하랑 누나가 그제야 날 돌아봤다.

"좋지 않을까요. 천국이니까. 저도 안 가봐서 잘은 모르지만."

"천국에서는 안 돼가 안 돼. 안 돼, 안 돼. 할머니가 안 돼. 할머니만 안 돼."

그러면서 킥킥대던 하랑 누나는 마치 그제야 내 존재를 알게 된 것처럼 날 빤히 쳐다보았다. 여기까지 온 목적을 설명하라는 것처럼 보였다. 나는 적당한 말을 고르다 결국 말했다.

"미안해요. 우리 때문에 학당에 못 가게 돼서."

별도의 서버에 새롭게 학당을 설치하고 이미 지급된 헬멧들을 수거해 다시 연동하는 일은 결코 만만한 것이 아니었다.

누나는 내 말을 따라 하지 않고 그냥 몸을 좌우로 흔들었다. 나는 내 말이 불충분하다는 것을 깨달았지만, 어떻게 설명하면 좋을지 고민이었다. 그런데 누나가 말했다.

"노아. 노아. 노아는 괜찮아? 노아네 엄마 무서워. 할머니 같아. 그래도 좋아. 노아네 엄마. 멋있어."

"어, 그게, 노아 선배는… 미안해하고 있어요."

하랑 누나가 날 때리고는 다시 물었다.

"노아는 괜찮아?"

"아니요."

하랑 누나가 봉인을 풀고 날아오르려 날개를 퍼덕이기 시작했지만 별수 없었다. 나로서는, 노아 선배의 그 블랙홀 같은 눈을 보고 도저히 괜찮다는 거짓말을 할 수가 없었다. 그것은 단순히 거짓말의 수준이 아니지 싶었다.

"너무 미안해서, 누나를 못 보는 것 같아요."

누나는 양팔을 퍼덕이며 복도를 내달렸다. 나도 누나를 따라 뛰었지만 달리 할 수 있는 것은 없었다. 누나를 따라 팔을 날개처럼 퍼덕거리며 나는 이 행동이 누나를, 우리를 좋게 해주길 바랐다. 하지만 소용없었다. 미안해서 보지 못한다는 것을 그때의 우리는 이해할 수 없었다.

소란을 듣고 밖으로 나온 누나의 어머니가 "어머, 얘들이 왜 이래." 하고는 달려와 우리를 껴안았다. 우리는 그 품에서 버둥거렸다. 내가 말했다.

"할래요. 그래야 해요."

어머니가 도대체 무슨 일인지 모르겠다는 얼굴로 우리를 놓고 물러섰다. 우리는 다시 날아오르려 했다. 하지만 그럴 수 없었다. 좋아지지 않았다.

적절한 사과를 했는지, 사과를 한 것은 맞는지 고민하며 집으로 돌아온 내게 엄마는 상황을 물었고 나는 이야기했다.

"할 수 있는 게 없어."

나는 울상을 지으며 말했다.

"난 그냥 같이 다니고 싶었던 건데. 내가 잘했다는 건 아니지만, 그렇잖아, 애초에 나누지 않았다면 이렇게까지 될 일도 없었어."

나는 어느새 화를 내고 있었는데, 그런 내 모습을 엄마는 무척이나 신기해하는 눈으로 쳐다봤다. 그것이 부끄러워서 버럭 말했다.

"난 차별이니 권리니 거창한 얘길 하는 게 아니야! 그냥 좋아하는 사람이랑… 아니, 그러니까 노아 선배랑 하랑 누나가 너무…."

엄마는 웃으며 안다고 고개를 끄덕였다. 그러고는 물었다.

"너도 같이 다니고 싶어? '귀덮개+여자'랑?"

나는 망설이다 고개를 끄덕였다.

"그럼 얘기해."

"누구한테? 누나한테? 선생님한테?"

"세상."

나는 화가 나서 버럭 소리를 질렀다.

"그게 뭐야!"

지금 돌이켜 보면, 소수자의 입장에서 자라면서 나도 모르게 품고 있던 무언가가 반발했던 것 같다. 초등학교에 다니게 되면서 어딘가 남들과 같지 않은 구석이 튀어나오면 그때마다 나는 설명을 해야 했다.

앞서 말한 수어 이름 같은 경우라면 당연히 설명이 필요하다. 하지만 일단 그렇게 설명이 필요한 사람으로 낙인 찍히는 순간 나는 설명하지 않으면 안 되게 된다. 엄마의 농이나 나의 정체성과는 아무 관련이 없는, 오직 나라는 이유로 생기는 차이도 설명이 필요해지고 차별의 단초가 되면서 나는 그것을 또 해명해야 하는 것이다.

그렇게 나라는 존재를 증명하는 것에 나도 모르게 질려버렸던 게 아닐까. 그래서 세상에 얘기하라는 말에, 그것도 엄마가 한 말이라는 데 화가 났던 게 아닐까.

엄마라고 그런 내 마음 몰랐을 리 없다. 아니, 나보다 더 뼈저리게 알 수밖에 없다. 그렇기에 약간은 무뎌진 듯 체념 섞인 얼굴로 엄마는 말했다.

"알아. 지금 여기 우리 있다는 걸 왜 증명해야 하지? 답답해. 속 터져. 그런데 때로는 그것밖에 할 수 있는 게 없어서, 단지 그 이유로 해야 하는 게 있어. 존재의 증명? 하지 않으면 존재 자체가 지워져. 그러니까 억울해도 해야 해."

나는 어떻게든 부정하고 싶었다.

"그런 거 해서 뭐가 달라져?"

"달라져. 조금이지만 분명. 그리고 달라져왔어. 달라지고 있어, 세상. 함께 달리는 거야, 거북이처럼."

엄마가 거북이 걸음걸이를 흉내 내는 바람에 나는 피식 웃고 말았다.

"하지만 어떻게? 제피룸도 없어졌고 하랑 누나한테 또

말할 수도 없어."

"일단 모여. 그리고 얘기해. 방법 있어."

그래서 우리는 제2동아리방에 모였다. 우리 집에서.

17
제2동아리방으로

방향은 결정됐지만 문제는 방법이었다. 제피룸도 없어진 마당에 선배들을 어떻게 우리 집으로 불러 모아야 할지 너무나 막막했다. 학당에서 건이 선배를 만나 이런 얘기를 하자 선배는 난색을 보였다.

"일단 네 생각엔 찬성이야. 근데 노아는 안 할걸."

내가 가장 걱정했던 것도 바로 노아 선배였기 때문에 조금 짜증이 났다.

"여태 일 저지른 건 노아 선배잖아요."

"그렇기는 하지."

무심코 내 말에 동의하고는 건이 선배가 다시 사이코패스 역할에 빙의했다.

"너 점점 우리랑 맞먹으려고 하는 것 같은데 기분 탓이겠지."

그다음으로 나는 수리 선배를 찾아갔다. 선배는 커다란 상자를 몸에 쓰고서 교무실 앞 복도에서 시위하고 있었다. 상자에는 매직으로 '복장을 규제하는 것은 인격을 규제하는 것'이라고 쓰여 있었다. 내가 선배 곁에 서서 말했다.

"코스튬 멋져요."

"뭔 개소리야. 안에서 힘들게 박스 붙잡고 있는 거 안 보여? 몸에 뭔가를 걸치는 행위 자체가 막혀 있어. 명색이 완전몰입형 가상현실 학굔데 완전히 기술 낭비야. 이럴 바엔 그냥 아바타를 쓰지."

"그럼 사회화가 안 된다면서요, 선배가."

"말은 바로 하자. 나는 나지율 님의 말씀을 옮겼을 뿐이야."

수리 선배가 느닷없이 얼굴을 구겼다.

"내가 대체 너 같은 딱한 아이랑 뭘 하고 있는 거야? 가라."

나는 본론을 얘기해서 수리 선배의 얼굴을 오류 발생 직전까지 몰아붙였다.

"진심으로 하는 소린 아니겠지? 딱한 것도 정도가 있지. 너 아예 홈스쿨링 하고 싶어서 그래?"

"노아 선배는 되고 왜 저는 안 되는데요? 이제 와서 선긋는다고 안경을 몇 개나 부러뜨렸잖아요."

"왜 얘기가 그렇게 되지? 노아도 안 되고 너는 조금 더 안 될 뿐이야. 그러니까 우리 노아가 안 된다고 했을 때 멈췄으면 내가 지금 하릴없이 이 짓거리나 하고 있지는 않을 거 아니야?"

"하랑 누나 얘기는 선배가 먼저 했어요."

수리 선배가 멈칫하더니 버럭 소리를 질렀다.

"그래도 네가 해보겠다고 나대지만 않았으면 일이 이렇게까지 되지는 않았어! 내 말 틀려?"

내가 무슨 배짱으로 다시 반박하려는 순간, 교무실 문이 열리고 선생님이 나왔다. 그리고 우리 둘을 쳐다보고 고개를 절레절레 흔들었다.

"봐요, 우린 완전히 찍혔어요."

"내 말이!"

"이대로 남은 학당 생활을 문제아로 보낼 거예요? 다달이 상을 휩쓸던 마수리가?"

"아, 진짜 때리고 싶다."

나는 반사적으로 한 발 뒤로 물러섰다.

"어차피 우린 이쪽 길로 들어섰어요. 돌아가기엔 늦었다고요. 갈 데까지 가보는 수밖에 없어요. 또 알아요? 우리의 마지막 외침에 세상이 마침내 돌아봐줄지. 그러면 선배가 이 모양 이 꼴로 있을 수밖에 없는 이유도 알려져서 다시 복장 규제가 풀릴지도 모르잖아요."

수리 선배는 들고 있던 상자를 툭 떨어뜨렸다. 나는 움찔했지만 걱정한 상황이 벌어지지는 않았다. 수리 선배는 물었다.

"그래서 뭘 할 건데?"

"그걸 이야기하자고요. 우리 집에서."

"하지만 우리 노아가…."

역시 문제는 노아 선배였다. 함께 턱을 괴고 고민하는데 이번에는 '전' 제피룸 담당 교사 이도 선생님이 교무실에서 나왔다.

"어, 수리. 그리고 어, 너는…."

"시현이요."

"그래, 시현. 너희 여기서 뭐 해? 제피룸도 없어졌는데…."

이도 선생님이 몹시도 침울해하며 말했다.

"내 자리도 다시 저 바깥으로 밀려났고."

우리는 멀어져가는 이도 선생님의 등을 물끄러미 바라보았다. 수리 선배가 중얼거렸다.

"인정해야 해. 우린 너무 큰 사고를 친 거야. 제피룸이 없어지는 정도로는 부족한."

"그러니까 사과라도 하자니깐…."

나는 머릿속이 환해져서 나도 모르게 수리 선배를 툭툭 치며 말했다.

"노아 선배더러 사과하라고 해요."

"또 그 소리야?"

"아니, 그게 아니라, 우리 엄마한테 사과하라고 해요. 나 학당에서 완전히 찍힌 거 때문에 잔뜩 화났다고. 솔직히 제피룸 들어가서 얼마나 힘들었다고요. 어때요? 노아 선배라면 사과하겠죠? 사과하러 우리 집에 오겠죠?"

수리 선배는 안경을 꺼내 썼다.

"아주 불가능한 얘긴 아닌 것 같은데. 좋아. 일단 그쪽으로 공략해볼게."

그래서 노아 선배는 엄마한테 사과하기 위해 우리 집에 찾아오기로 했고, 그날이 우리의 새로운 시작이 됐다.

*

엄마와 난 손님맞이 준비에 정신이 없었다. 평소 주기적으로 엄마의 농인 친구들이 찾아와 길게는 며칠씩 머물기도 했지만, 내 또래 청인이 단체로 찾아오는 것은 처음이었다. 나부터가 사람들과 어울려 왁자지껄 떠드는 환경에 익숙하지 않았기 때문이다.

나에게 집은 조용히 쉴 수 있는 장소였다. 그래서 선배들이 모두 모여 이야기를 나누는 것이, 특히 마수리와 왕건의 전쟁이 처음에는 솔직히 견디기 어려웠다. 하지만 그것이 익숙해지자 오히려 모두가 가고 나서 느껴지는 적막에 놀라지 않을 수가 없었다.

집 안에 빛이 반짝였다. 내가 달려가서 문을 열자 건이 선배가 약간 어색하게 손을 흔들었다. 선배는 실제로 봐도 남달랐다. 키는 180을 향해 가고 있었고 그에 비해 아직도 앳된 얼굴에는 어떻게 숨길 수 없는 광채가 번쩍였다. 그리고 다리가… 오른쪽 다리가 달랐다. 의족이었다. 학당에서 건이 선배를 만나는 사람은 어김없이 흘끔대던 쪽이었다. 나는 얼른 뒤로 물러나 선배를 안내했다. 엄마가 내 뒤에서 말했다. 음성언어로.

"네가 건이다. 늠름하다."

사실 엄마가 손과 표정으로 한 말은 그게 아니었다. 하지만 손에 끼고 있는 통역용 장갑은 엄마의 말을 전달하기에는 너무나 모자랐다. 나는 엄마한테 말했다.

"내가 할게. 통역."

엄마는 인상을 쓰고 손을 저었다. 엄마는 내가 통역하는 것을 싫어했다. 아주 어렸을 때부터 그랬다. 어쩌다 청인과 이야기를 해야 할 상황이 생기면 사람들은 마치 약속이라도 한 것처럼 엄마가 아닌 나를 보고 말했다. 그들은 나를 통역사 취급하면서 동시에 엄마의 존재를 무시했다.

간혹 농인 중에도 청인 자녀에게 너무나 당연하게 통역을 맡기는 경우가 있는데, 그것 때문에 엄마는 집에 놀러 온 농인 친구와 의견 대립으로 싸우기도 했다. 정답은 없다. 그저 엄마는 내가 나이길 바라고 엄마가 엄마이기를 바

랄 뿐이다. 나로서는 엄마의 가치관이 감사할 따름이지만,

"하고 싶어."

엄마는 못 말린다는 듯 웃으며 장갑을 벗었다. 그리고 건이 선배한테 다시 한 번 제대로 인사했다.

"네가 건이구나! 얘기 많이 들었어. 정말 늠름하게도 생겼네."

건이 선배가 오른손을 펴 왼손등을 두 번 쳤다.

'감사합니다.'

엄마와 나는 놀라지 않을 수 없었는데 전에도 말했지만 내 또래 중에는 농은커녕 청각장애가 뭔지조차 모르는 경우가 수두룩했기 때문이다. 엄마가 말했다.

"수어를 하네!"

건이 선배는 멋쩍게 웃으며 말했다.

"아주 기본적인 것만요. 열 살 때 코다 역을 연기한 적이 있어서… 참, 어머니도 모르시려나? 제가 실은 배우거든요. 아무튼, 그래서 그때 많이 배웠는데. 처음에 시현이 보고 이상하게 익숙하더라고요. 코다여서 그랬던 거였어."

'코다'라는 말에 우리는 깜짝 놀랐다. 엄마는 건이 선배가 출연한 영화 제목을 묻다가 아차 하고는 뒤늦게 건이 선배를 거실로 안내했다. 정말이지 정신없는 손님맞이가 아닐 수 없었다. 소파에 앉은 건이 선배는 자신의 의족을 내려다보고는 약간 심술궂게 말했다.

"당연히 이것도 몰랐겠네. 그럼 넌 애들이 내 다리 볼 때마다 뭐지 싶었겠다."

"그냥 뭐… 네."

나는 어색하게 웃을 수밖에 없었다.

"재작년에 사고가 있었어요. 드라마 촬영 중이었는데, 산에서 하는 장면이었거든요. 카메라 장비가… 거기가 너무 산속이었고 꼭 필요한 인원만 투입돼서 대처가 늦었대요. 깨어났을 땐 뭐…."

엄마가 손을 흔들었다.

"설명 안 해도 돼."

"괜찮아요. 워낙 많이 해서 이제는 남 일 같아요."

건이 선배가 애써 웃었다.

"신기할 수도 있죠. 저라도 그랬을 거예요. 의족을 볼 일이 거의 없잖아요. 웬만하면 바로 이식이 되니까. 저한테도 그걸 권했어요. 근데 아직 성장기라 수술을 계속 해야 한대요. 굳이 그렇게까지 해야 하나…. 사실 무서웠어요. 병원이라는 공간 자체가요. 그래서 나중에 크면 하려고요."

"배우 일은요?"

내가 건이 선배에게 묻자 엄마가 내 팔을 쳤다. 하지만 알고 싶었다. 다른 사람도 아닌 건이 선배의 일인데 알아야 할 것 같았다. 그런 마음을 가졌다기엔 건이 선배에 대해 너무 모르고 있었지만, 그런 충격 때문에라도 더 알고 싶어졌지 않나 싶다.

"아, 하고 있어. 시대물 같은 걸 찍으려면 의족을 CG로 입혀야 하는데 독립영화는 예산이 빠듯하거든. 그래서 나 같은 경우가 아주 쓸모가 있지. 또, 내 입으로 말하긴 그렇지만, 내가 좀 잘나가. 홍보 효과는 덤이야."

그렇게 이야기꽃이 만개할 즈음 집 안에 빛이 번쩍거렸다. 건이 선배가 장치를 알아보고 반가운 듯 알은체를 하며 나와 함께 현관으로 갔다. 노아 선배와 수리 선배였다. 노아 선배도 학당 모습 그대로였다. 조금 과장하자면 선배 특유의 냉기가 드라이아이스같이 눈으로 보이는 것만 같았다. 그 뒤로 따라 들어온 사람을 보고 내가 말했다.

"누구세요?"

분명 처음 보는 사람이 날 째려보며 말했다.

"죽을래?"

나는 물론이고 건이 선배가 특히 놀라서 뒷걸음질 쳤다. 그럴 수밖에 없었다. 학당에서의 수리 선배는 말하자면 독이 든 사과를 내미는 마녀 같은 느낌이었다. 그런데 현관에서 있는 수리 선배는 그에 비하면 백설공주 쪽에 가까워 보였다. 건이 선배가 1인 2역이라고 말할 법했다.

"하지만 어떻게? 자의식 어쩌고는 어쩌고요?"

"그게 내 자의식이다, 어쩔래!"

수리 선배가 버럭 소리를 지르고는 건이 선배의 다리를

가리켰다.

“쟨 아직도 자기 다리가 멀쩡하다고 생각하니까 학당에서는 가짜 다리를 달고 다니는 거지. 뭐가 달라?”

정말이지 수리 선배만이 가능한 팩트 폭격이었다. 건이 선배도 고개를 끄덕이며 말했다.

“마수리 맞네.”

사실 분위기가 너무 달라서 그렇지 자세히 보면 같은 사람이 맞긴 했다. 또 한바탕 하려던 수리 선배가 엄마를 발견하고 노아 선배 뒤로 숨었다. 노아 선배가 엄마한테 고개 숙여 인사했다. 내가 엄마에 관해 설명하자 수리 선배가 큰 목소리로 말했다.

“농이 뭐야?”

건이 선배가 대꾸했다.

“소리가 들리지 않는 거 말이야.”

“그럼 너희 엄마 장애인이야? 대박! 완전 레어한 엄마네.”

그러면서 수리 선배가 노아 선배 앞으로 가더니 큰 몸짓으로 허리를 숙였다.

“안녕하세요!”

나는 대체 이게 무슨 상황인지 알 수가 없어 건이 선배를 쳐다봤고, 이하동문이었다. 역시 마수리가 맞았다. 엄마도 당황스럽기는 마찬가지인지 날 힐끔 보며 어색하게 웃었다. 나는 그냥 어깨를 으쓱해 보였다. 그걸로 충분했다. 그리고 아직 끝난 것은 아니었다.

노아 선배가 대뜸 허리를 숙이더니 아예 땅바닥에 엎드려 절을 하는 바람에 우리는 모두 돌처럼 굳어지고 말았다. 엄마가 얼른 노아 선배를 일으켜 세우고는 다시 통역용 장갑을 끼고 음성언어로 말했다.

"왜 그래."

통역 장치를 보고 눈을 번득이던 수리 선배는 뒤늦게 지금 정확히 무슨 상황인지를 깨닫고 집 안 어디론가 사라져 버렸다. 노아 선배가 날 보며 설명을 요구했다. 나도 도망치고 싶었다. 하지만 그러면 정말 수습이 안 될 터였다. 게다가… 아직도 끝이 아니었다.

집 안에 빛이 번쩍였다. 건이 선배가 게걸음을 걸어 노아 선배를 지나 현관문을 열었다. 압도적인 크기의 귀덮개를 쓴 하랑 누나가 노아 선배를 보더니 귀덮개를 벗어 던지고 달려와 노아 선배를 안았다.

두 사람은 한몸처럼 휘청이며 거실을 가로질러 그대로 소파에 털썩 앉았다. 하랑 누나가 노아 선배한테 손을 뻗었다. 설마 때리려는 건가 싶어 나도 모르게 움찔했지만, 그저 노아 선배의 머리를 묶은 실끈을 잡아 풀었다. 그러고는 그것을 노아 선배한테 건넸다.

노아 선배는 꿈을 꾸는 것처럼 멍하니 있다가 실끈을 보고 깨어났다. 그러더니 감탄이 나올 만한 손놀림으로 실끈을 움직여 실뜨기 모양을 잡았다. 그 상태에서 한 번 더 휙휙 움직였고 다른 모양이 완성됐다.

그것을 주의 깊게 보던 하랑 누나가 두 번째 모양을 보고서야 두 팔을 크게 펄럭이더니 역시나 능숙한 솜씨로 실을 넘겨받아 그다음 모양을 만들었다. 그리고 노아 선배는, 웃었다. 본 적도 없거니와 저런 표정이 가능할 거라고는 결코 생각지도 못했던 그런 웃음이었다.

"저게 둘이 헤어지던 날에 하다 만 거였거든."

누나와 함께 온 하랑 누나 어머니가 내 머리를 쓸고는 엄마한테 인사했다.

"하랑이 엄마예요. 저 수지 님 팬이에요. 〈작은 세계〉 배경 디자인 하셨죠. 제가 가장 애정하는 공간이거든요."

나는 얼른 엄마에 관해 설명했다. 하지만 누나의 어머니는 거의 들은 체도 않고 눈빛으로 자신의 팬심을 표출하기 바빴다. 엄마도 나더러 됐으니까 가서 애들끼리 놀라는 듯 손짓했다.

나는 잠시 한숨 돌리다가, 아직 시작도 하지 않았으며 건이 선배가 온 지 이제 겨우 30분 지났을 뿐이라는 사실을 상기했다. 그러나 그것에 기운 빠질 새도 없이, 내 방에서 나오던 수리 선배가 거실에서 진행 중인 알콩달콩한 상황을 목격하고 소리를 지르며 달려드는 통에 중재자로 나서야 했다.

사실 이날 일에 대해 구체적으로 묘사하기에는 기억나는 게 거의 없다. 그때를 떠올리는 것만으로 나는 두 팔을 펄럭여야 할 만큼 흥분하게 되는데, 대체 내가 무슨 정신으로 그 상황을 버텼는지 알 수가 없다.

다만, 그때 느꼈던 감정만은 분명히 기억한다. 행복했다. 눈물이 차오를 만큼. 세상이 우리가 하게 될 외침을 듣고 돌아볼지, 들리기는 할지, 우리에게 목소리가 주어지기나 할지 알 수는 없었지만, 적어도 그때 그곳의 우리는 행복했다.

18

echo "지금, 여기, 우리"

기나긴 설명과 소개와 인사와 일부 화해와 전쟁을 마치고 마침내 우리는 각자의 고글을 쓰고 엄마의 가상 작업실에 모였다. 왜냐하면 우리가 최종적으로 내기로 결정한 목소리가 가상현실과 아주 밀접한 관계가 있었기 때문이다. 다른 길로 나아가야 할 까닭이 없었다.

'자, 모두 보고 있지?'

엄마가 특수 효과를 입힌 말풍선을 띄웠다. 그 순간 수많은 말풍선이 우리 머리 위로 떠올랐다.

'좋아, 좋아. 우선은 각자의 아바타를 서로 꾸며주는 거로 연습을 시작하자. 잘 안 되면 바로 말해. 알겠지?'

대답이 말풍선들로 떠올랐다.

엄마는 하랑 누나의 어머니와 서로를 꾸며주었는데 누나의 어머니가 기쁨에 겨워 혼잣말을 중얼거리는 소리가 끊이지 않았다. 수리 선배가 '저 아줌마 되게 시끄럽네!' 하다가 건이 선배가 던진 물감을 맞고 진짜 '마수리'가 되어버렸다.

'님은 역시 뭔가를 뒤집어쓰고 있어야.'

그러자 마수리가 왕건의 오른쪽 다리를 갈색으로 칠하고는 한쪽 눈을 까맣게 칠해버렸다.

'왕건은 분에 넘치지. 궁예나 해적이 너한테 딱 맞아.'

하랑 누나는 내 전신을 녹색으로 덮어버렸다. 그래서 나는 파란색으로 되갚아줬다. 그러다 혼자서 멀뚱히 서 있는 노아 선배를 보고 누가 먼저랄 것도 없이 노란색 물감을 던졌다. 노랑이가 된 노아 선배가 나한테 귓속말을 보냈다.

'적당히 개겨.'

나는 움찔했다. 귓속말이 또 왔다.

'그래도 고마워.'

그러고는 나한테 녹색 계열의 물감을 있는 대로 던져댔다.

'너희 장난치려고 여기 모인 거 아니잖아.'

엄마가 분홍색으로 떡칠이 된 모습으로 말했다. 반면 하랑 누나의 어머니는 요정이 되어 있었는데 같은 도구를 썼다고는 도저히 믿기지 않는 변화였다. 요정을 발견한 하랑 누나와 수리 선배가 그 두 사람한테 달려들어 자기들도 바꿔달라고 거의 생떼를 썼다.

엄마는 하랑 누나를 스머페트로 바꾸었고, 수리 선배는… 굳이 말하지 않아도 될 캐릭터로 바꾸어놓았다. 가가멜이 된 수리 선배는 말풍선에 '싫어요'를 한가득 띄웠다. 나머지는 모두 '좋아요'였다.

'그래서 결론은 나왔어?'

엄마의 물음에 내가 답했다.

'게임을 만들어보면 어떨까 싶은데, 이야기가 있는….'

그쪽 전문이 가만히 있을 리 없었다. 수리 선배가 내 말을 끊었다.

'장르는 대규모 다중 사용자 온라인 롤플레잉 실시간 전략 생존 좀비 게임이야.'

'결국 좀비 게임이란 거 아냐?'

건이 선배가 끼어들었다. 그래서 선배의 나머지 눈도 까맣게 칠해졌다.

'이 게임을 기획하게 된 계기는 재야.'

수리 선배가 하랑 누나를 가리켰다. 그러고는 나를 가리켰다. 내 차례였다. 나는 병원에서 들었던 하랑 누나의 말을 언급했다.

'누나가 할머니한테 천국 가면 이놈! 한다고 말했던 게 계속 머릿속에 맴돌았어요. 할머니는 안 된다고 하시는 게

많은 분이에요. 특히 누나한테 엄하시죠. 그런데 어느 순간 그 입장이 뒤바뀌는 거예요. 결국 소수와 다수라는 것도 그런 게 아닐까 하는 생각이 들었어요. 경계가 허물어지기 쉬운, 그래서 언제든지 입장이 뒤바뀔 수 있는….'

'하지만 그래도 장애인이 다수가 되진 않아. 핵전쟁이라도 나서 죄다 기형이 되지 않는 한.'

수리 선배다운 지적이었다.

'맞아요. 그리고 그렇게 되면 더는 장애인이라는 분류가 필요가 없게 될 거고요. 그래서 그런 세상을 조금이라도 흉내 낼 수 있는 소재로 이걸 떠올렸던 거예요. 아, 실은 좀비가 아니라 뱀파이어를 얘기했었는데….'

'내가 좀비로 하자고 했어. 뱀파이어는 너무 올드하잖아? 좀비가 그나마 나아. 이상이 단순무식한 신입의 설명이었고요, 이렇게 터무니없는 아이디어를 구체화하기 위해 저는 어젯밤을 꼴딱 새웠답니다. 어쨌거나 핵심 아이디어인 경계 허물기를 최대한 살리면서도 게임을 게임답게 만들기 위해서요. 그 결과 탄생한 게 바로 이것입니다.'

학당에서 내가 처음 이야기를 꺼냈을 때부터 대략적인 개요를 짜 왔던 수리 선배가 작은 보드를 들고 설명했다. 보드 위에서 두 가지 색깔의 말들이 서로 잡아먹으며 수를 늘리려 하고 있었다. 간단했다.

우리는 게임 제작을 위해 팀을 나눴다. 나와 수리 선배가 게임의 룰과 구현을 맡고 엄마와 하랑 누나가 배경 등을 디자인하는 식이었다. 작업 자체는 신기할 정도로 순조로웠는데, 나는 은근히 수리 선배의 재능에 감탄하지 않을 수 없었다. 그동안 너무 괴짜 취급한 것 같아서 미안해질 만큼 수리 선배는 훌륭하게 우리를 이끌었다. 내가 막연하게 떠올린 것들이 어느새 수리 선배의 손안에서 현실화되는 과정은 그 자체로 환상적이었다.

그리고 그 과정에서 게임의 많은 것이 바뀌고 새로이 생겨났다. 대표적으로는 바로 두 세력의 설정이 바뀌었다. 좀비 게임의 시스템은 유지하되, 하랑 누나가 디자인한 배경(밀림 아니고 숲)에 맞춰 세력을 수인과 정령으로 바꾼 것이었다. 어디서 많이 들어본 것이 아닌가?

다음으로 각 세력의 공격법을 정했다. 수인은 손짓으로, 정령은 목소리로 공격하는 식이었다. 게임에는 시간에 따라 낮과 밤을 번갈아 적용해, 낮에는 소음 때문에 정령의 공격이 무효화되고, 밤에는 캄캄해서 수인의 공격이 무효화된다. 그렇다, 여러분이 알고 있는 바로 그것이다. 매달 광화문 광장에서 진행되는 〈수인과 정령〉의 프로토타입이 바로 이때 탄생했다.

게임 개발 자체는 별 탈 없이 진행됐지만, 문제가 전혀 없는 것은 아니었다. 일단, 배포가 걸렸다. 기껏 만든 게임을 배포할 통로가 없었다. 사실 말이 쉽지, 우리가 만든 것은 어디까지나 십대 학생들이 모여 만든 프로토타입에 불과했다. 이걸 정말로 세상에 내놓기 위해서는 더 정교한 기술과 많은 돈이 필요했다.

'내가 엄마한테 말해볼게.'

노아 선배가 말했다. 선배의 엄마가 다름 아닌 학당 제작자 나지율이라는 사실에 어른들은 깜짝 놀랐다.

그러나 여전히 걸리는 것이 있었다. 과연 이것으로 사람들이 구체적으로 무엇을 어떻게 느끼고 깨닫게 될 것인지에 대한 회의가 은연중에 우리 곁을 맴돌았다. 정작 아이디어를 낸 나조차 확신이 서지 않았다. 그러니 수리 선배는 오죽할까. 당연히 그 점을 그냥 넘어가지 않았다.

'나야 재밌긴 한데, 아무리 생각해도 이게 무슨 소용이 있을지 모르겠어. 잘해 봐야 수행평가 점수 따는 것밖에 더 되겠어?'

그 말이 나를 푹 찔렀다. 건이 선배도 거들었다.

'그건 나도 동감.'

나는 반박했다. 반박할 수밖에 없었다. 반박해야 했다.

'그럼 왜 입학식 때 하랑 누나를 그냥 두고만 봤죠?'

'그 얘기가 지금 왜 나와?'

수리 선배가 나한테 물감을 던졌지만 나는 지지 않고 되돌려줬다. 건이 선배가 횡재라는 듯 그 순간을 사진으로 기록했다.

'결국 똑같아요. 그렇게라도 해야 사람들이 알아줄 테니까. 그래야 뭐든 조금이라도 바뀔 테니까. 솔직히 선배들이 하는 것도 결국 그런 거잖아요. 복장 자율화 운동을 하고, 제피룸 따까리로 사람들을 만나고, 학당의 허점을 찾아 공개하는 것 전부 결국 세상에 대고 외치는 거잖아요. 우리 여기 있다고, 지금 여기에 우리가 있다고.'

우리는 모두 자신의 존재를 증명하는 투쟁을 하고 있다는, 어찌 보면 당연한 사실을 나는 뒤늦게 깨달았다. 제피룸과 하랑 누나와의 특별한 경험들 덕분에. 내 뒤쪽에서 밀림 아니고 숲을 그리던 하랑 누나의 오리 같은 목소리가 가상현실 너머에서 울려 퍼졌다.

"지금, 여기, 우리! 지금, 여기, 우리!"

수리 선배가 어이없다는 듯 벌레 씹은 얼굴 이모티콘을 했다. 하지만 말꼬리를 잡지는 않았다. 결국 달리 할 수 있는 게 없다는 것을 인정한 것이다. 하지만 솔직히 아쉬운 마음이 드는 것 또한 부정할 수 없었다. 그때 어디선가 요란한 소리가 났다. 수리 선배가 가상현실에서 사라졌다. 그리고 목소리가 들렸다.

"아, 또 얘네."

수리 선배가 자리를 비운 동안 건이 선배가 말했다.

'말이 나와서 말인데, 너희 휠체어 타본 적 있어?'

우리는 고개를 가로저었다.

'이거 달기 전까지 휠체어 타고 지냈거든. 그거 타는 순간 세상이 높아져. 나만 빼고 모든 게 저 위에 있는 느낌이야. 그게 그렇게 외롭더라고. 근데 사실 그런 느낌 처음이 아니었어. 촬영 현장에서도 꽤 자주 느꼈던 거야. 가만히 생각해보니까 나 혼자였어. 수십, 수백 명이 모여 있는 현장에서 나만 어린애였어. 그래서 귀여움 받기도 했지만, 그게 그렇게 불편하고 쓸쓸하더라고. 그것도 비슷한 게 아닐까? 우리가 하려는 외침이 그런 걸 알려줬으면 좋겠어. 소외가 별것 아니란 걸. 갑자기 그런 생각이 드네.'

뭔가 숙연해지려는 타이밍을 깨부수고 다시 모습을 나타낸 수리 선배가 소셜미디어 캡처 사진을 공유했다. 학당에서 유령을 봤다는 제보였다.

'뭘 자꾸 보내. 유령 없어진 지가 언젠데.'

그러자 노아 선배가 말했다.

'또 모르지. 진짜 유령이 있을지도.'

그러더니 웃었다. 소리까지 내면서.

'뭐야, 너!'

수리 선배가 화들짝 놀란 이모티콘을 하고 말했다.

'너 노아 맞아? 저 따라쟁이 앵무랑 놀더니 애가 완전히 맛이 갔잖아! 나의 노아는 이런 애가 아니라고!'

그러고는 하랑 누나한테 물감을 던졌다. 2차 제피룸 전쟁이었다.

*

잠시 전쟁을 회피할 겸 다시 노아 선배네로 가봐도 좋을 것이다. 게임 제작이 한창이던 5월 초였다. 집으로 돌아간 노아 선배한테 나지율 개발자가 엄마로서 할 법한 말들을 매우 비즈니스적으로 쏟아냈고, 그것이 나지율 개발자로선 패착이었다(고 한다). 노아 선배가 머리를 묶은 실끈을 풀어 모양을 잡으며 말을 꺼냈다.

"학당은 아직이야?"

흡사 직장 상사의 어투였다. 나지율 개발자로선 안 그래도 가장 신경 쓰던 것이 찔려 기세가 꺾일 수밖에 없었다. 그렇게 일은, 나지율 개발자 입장에서는, 돌이킬 수 없게 돼버렸다. 노아 선배가 또 말했다.

"인터넷 반응 봤어?"

"그런 걸 뭐하러 봐? 너도 보지 마."

"어떻게 안 봐. 어딜 가든 그 얘긴데. 차라리 인터넷을 하지 말라고 하든가."

그건 사실이었다. 나지율 개발자의 결단은 분명 사태를 조속히 수습하고 다음 발걸음을 내딛기 위한 약간의 후퇴였지만, 양극단에서 볼 때 그보다 더 못마땅한 입장이 또 없었기 때문이다. 이럴 바엔 차라리 가상 학교 자체를 없애라는 말이 태극기 이모티콘과 함께 돌 정도였으니 그때 나지율 개발자가 느꼈을 고통은 엄청났을 것이다.

"엄마, 내가 왜 제피룸 만들었는지 알아?"

"나 물 먹이려는 거 아니야?"

"맞아."

제피룸을 만든 이유는 처음에는 단순했었다고 노아 선배는 고백했다. 단순히 학당에, 학당을 만든 엄마의 얼굴에 먹칠하고자 제피룸을 만들었던 것이다. 원래 학당에는 복장에 대해 그 어떤 제재도 없었는데, 일부 학생들이 자유를 남용해 다른 사람의 자유를 침해하는 일들이 벌어졌고, 결국 교복 착용이 의무화되었다.

늘 자신의 몰개성함이 불만족이었던 수리 선배는 당장 그 몇몇을 찾아가 죽이고 싶었으나 물리적으로 불가능했기에 그 분노를 복장 규제를 해킹하는 데 쏟았고, 그 과정에서 학당에 버그가 꽤 있다는 사실을 알게 되었다. 그것을 그냥 두고 볼 노아 선배가 아니었고, 그렇게 제피룸이 탄생했다.

물론 엄마인 나지율 개발자는 그 사실을 알고 있었다. 그러면서도 꼬박꼬박 제피룸이 올린 보고서를 읽고 상을 수여했다.

"그래서 후련해?"

"응. 내가 했을 때는."

노아 선배가 엄마의 눈을 보며 머리를 천천히 묶었다.

"그때는 정말 후련했어. 근데 지금은 아니. 아픈 것 같기도 해."

나지율 개발자가 눈에 띄게 동요하며 탄식을 내뱉었다.

"알아, 어이없는 말인 거. 내가 생각해도 너무 나빠. 근데 어떡해? 그런걸."

"그래서, 이런 말 하는 목적이 뭐야?"

"우리 한 번만 도와줘."

분명 노아 선배와 우리가 바라는 도움은 작은 것이 아니었다. 작지 않은 정도가 아니라 결론적으로 그동안 벌인 일 중 가장 커다란 것이었다. 나지율 개발자는 엄마로서, 학당의 제작자로서, 대한민국의 국민으로서, 어른으로서, 그리고 인간으로서 할 수 있는 최대한을 우리에게 해주었다.

우선 제피룸이 복원되었다. 그리고 하랑 누나는 제피룸의 명예 부원이 됐다. 아직 학당 문제가 해결되지 않은 상태에서는 최선이었다. 그리고 우리가 만든 〈수인과 정령〉이 학당의 육조거리에서 시연됐다.

막상 실제로 플레이해보니 손보고 싶은 곳이 한두 군데가 아니었지만, 그래도 반응은 나쁘지 않았다. 다소 겸손한 표현이다. 폭발적이었다. 우리가 공유한 〈수인과 정령〉 플레이 영상의 조회수가 금방 천만 단위를 넘어섰다.

결정적으로, 우리가 게임을 제작한 과정과 취지가 분에 넘칠 만큼 사회적으로 높이 평가돼 우리의 게임이 아예 학당 내 정규 프로그램으로 등록되었다.

여러분의 마음을 이해한다. 이상하고, 터무니없고, 말도 안 되고, 비현실적이다. 우리도 정확히 그렇게 느꼈다. 수리 선배는 〈매트릭스〉라는 옛날 영화를 운운하며 실은 이게 전부 국가의 음모가 아닌지 의심했다(사실 특수학급과 관련한 뜨거운 감자를 손에 쥐고 있던 정부 입장에서는 얼씨구나 했을 수도 있다).

나는, 그냥 꿈만 같았다. 게임을 성공적으로 선보이고 나서 다시 우리 집에 제피룸 부원이 모두 모여 녹화된 게임 영상을 보는데, 그때까지의 일들과 감정이 흐르는 물처럼 내 온몸을 흠뻑 적셨다. 무엇보다 좋았다. 그때 그곳의 우리 모두 좋았다.

그런데 그게 끝이 아니었다.

19

다섯 명의 히로빈

내가 6학년이 되면서 어쩐지 혼자 남겨진 기분에 울적할 즈음이었다. 수리 선배, 아니 이제는 그냥 수리 누나가 나한테 연락해왔다. 일단은 반가웠지만, 대뜸 만나자는 말을 듣고 약속 장소로 가면서 나는 의아하지 않을 수 없었다. 수리 누나는 아주 특수한 경우를 제외하고는 현실에서 연락 같은 것을 하는 사람이 아니기 때문이었다.

약속 장소는 판교 테크노밸리의 한 카페였다. 수리 누나가 꼭 사이버펑크풍 백설공주 같은 느낌의 모습으로 나타나 대뜸 말했다.

"그거 넘겨."

"뭘요…."

"딱한 건 여전하구나. 우리가 만든, 엄밀히 말하면 거의 나 혼자 개발한 게임 말이야. 〈수인과 정령〉."

다소 뜬금없었기 때문에 나는 본의 아니게 수리 누나의 복장을 터뜨릴 뻔했다. 겨우 맥락을 따라간 내가 말했다.

"하지만 뭘 넘겨요? 누나 말마따나 거의 누나 혼자 개발한 거나 마찬가진데. 저보단 학당에 문의해야 하는 거 아니에요?"

"학당이야 뭐, 우리 노아가 있는데. 어쨌거나 넌 상관없는 거지? 내가 그걸로 사업해도? 물론 도의적인 수준에서 너희 몫은 챙겨줄 거야."

뭐, 기껏해야 서비스 무료 이용권 정도겠지 싶었지만 상관없었다.

"뭘 하려고요?"

수리 누나가 기다렸다는 듯이 대하 사극 뺨치는 대서사시를 늘어놓는 바람에 약간 후회하기는 했지만, 누나의 계획 자체는 나름 흥미로웠다.

알고 보니 누나는 그때 그 카페가 있는 건물의 어느 게임 회사에 다니고 있었는데, 본격적으로 우리의 게임을 상용화할 생각이었다. 구체적인 사업 모델이 어떻게 되는지는 들어도 무슨 소린지 알 수 없었고 관심도 없었다. 내가 관심 있는 것은 오직 하나였다.

"거기 있는 우리는 어떡할 거예요?"

수리 누나가 전혀 생각해보지 않았다는 듯 눈을 크게 뜨고 물었다.

"우리?"

그러고는 팔짱을 끼고 미간을 찌푸리며 안경을 들썩거렸다.

"그게 아직도 있나? 뭐, 우리가 없애지 않은 이상 아직 들어 있기는 하겠네. 우리."

누나는 몸서리를 쳤다.

"역시 꺼림칙해. 그때 끝까지 거부했어야 하는 건데."

*

더 과거로 돌아가서 다시 우리 집이다. 제피룸 부원 전원이 수리 선배를 에워싸고 압박하고 있었다. 수리 선배는 거실 벽을 뚫고 도망칠 기세로 몸을 착 밀착시킨 채 고개를 절레절레 흔들어 댔다.

"싫어. 난 안 해. 죽어도 못 해. 내 꼬락서니를 그 엉망진창 게임 속에 영구적으로 박제시키라고? 차라리 왕건이랑 혼인을 하고 말지!"

건이 선배로선 뜻밖의 횡재가 아닐 수 없었다. 그래서 더욱 적극적으로 건이 선배가 주장했다.

"지금 우리 모습은 다신 돌아오지 않아. 가볍게 생각해.

사진 찍는 것과 같은 거야."

"그래서 싫다고! 내 꿈이 뭔지 알아? 세계적인 해커가 돼서 우리나라 경찰 서버를 털어 그 속에 박제된 수리들을 모조리 지워버리는 거!"

결국, 노아 선배가 나설 때였다.

"당연히 강요는 하지 않아. 그저 아쉬울 뿐이야. 우리가 함께하는 지금 이 순간을 기록하는데 네가 없는 게."

치명타였다. 수리 선배는 털썩 주저앉았다. 노아 선배가 모처럼 따뜻하게 수리 선배를 안아주었는데 모르긴 몰라도 틀림없이 사악한 미소를 지었을 것이다. 그렇게 해서 수리 선배는 우리의 모습을 본뜬 아바타 데이터를 게임 속 어딘가에 숨겨놓았다. 암호키를 생성하면서 수리 선배는 구시렁댔다.

"이게 무슨 초딩 짓이야. 아니지, 초딩들도 이러고는 안 놀겠다. 도대체 무슨 의미가 있다고 이런 짓을 하는 거야? 이게 다 너 때문이잖아, 이 따라쟁이 앵무야! 그리고 너, 어벙한 척하면서 온갖 사고를 몰고 다니는 이…."

"안 돼!"

하랑 누나가 불호령을 내렸다.

"그놈의 입 좀 어떻게 못 하겠냐? 아주 꿰매버리든지 해야지, 원."

수리 선배는 울음을 터뜨리고 말았다.

그렇게 우여곡절 끝에 숨겨둔 또 다른 우리는 학당 안에서 살아갔다. 그러다 우리의 게임이 끝나고 승자가 나오면 특정 확률에 따라 우리가 '출몰'했다. 유령처럼. 또 하나의 '못된' 장난이었다. 우리는 물론 그때까지의 잘못을 인정하고 반성했지만, 그만큼 억울한 마음도 없지 않았다.

유령들을 목격한 사람은 일단 놀라고 주변에 자신이 목격한 것(커다란 귀덮개, 의족, 서릿발과 귀신의 아우라, 그리고 이상한 손짓 같은 특징)을 이야기하지만 아무도 들어주지 않는다. 다른 사람에게는 보이지 않기 때문이다. 또 다른 소외다.

첫 시연 날, 수리 선배는 유령을 봤다고 절규하는 같은 반 친구(들리는 풍문에 의하면, 그 선배가 교복 의무화를 이끌어낸 장본인 중 하나였다)를 지켜보며 중얼거렸다.

"계획대로군. 저놈도 결국은 우리 과였어. 하긴 그러니까 복장으로 그 지랄을 했지."

무슨 말이냐고 물으려던 나는 수리 선배의 '진짜' 귀신의 아우라에 숨이 턱 막혀 그냥 돌아서고 말았다.

*

"없앨 거예요?"

내가 물었다.

"하긴 상용화했는데 귀신처럼 생긴 애가 갑자기 툭 튀어나오면 바로 환불각이겠네요. 아니, 소송을 걸지도…."

"아니 아니 아니…."

수리 누나가 심각한 얼굴로 허공을 응시했는데 조금 무서웠다.

"너 그거 알아?"

나는 그다음 말을 기다리다 또다시 딱한 것이 됐다.

"그걸 모른단 말이야? 히로빈을?"

"히로인?"

"히로빈, 멍청아!"

수리 누나가 폰으로 오래된 유튜브 영상을 보여줬다. 내가 태어나기도 훨씬 전에 만들어진 게임(세상에, 저 그래픽이 정녕 21세기 게임의 것이란 말인가?)에 대한 내용이었다. 게임은 보이는 것만큼이나 단순했는데, 세상에 덩그러니 혼자 떨어져 주변의 세상을 캐내 그것으로 뭔가를 제작해 생존하는 게 유일한 목표였다.

"그럼 플레이어 캐릭터가 히로빈이에요? 로빈슨 크루소 같은?"

"아니. 히로빈은 그 뭐냐, 배구공 쪽이지. 여기서 포인트는 '혼자'야. 지구만 한 크기의 맵에 다른 플레이어라곤 없어. 오직 나 혼자뿐이지. 어렵게 구해서 한번 해봤는데 제법 쓸쓸하더라고."

"히로빈은 어디 있고요?"

수리 누나가 이마를 탁 쳤다.

"그러니까 문제지. 언젠가부터 인터넷에서 또 다른 플레이어를 목격했다는 소문이 번지기 시작했어. 결론부터 말하면 누군가의 장난이었지. 하지만 중요한 건 진실이 아니야. 논란이 될 여지지."

"그래서 거기 있는 우릴 히로빈으로 만들겠다는 거예요?"

수리 누나가 손가락을 튕겼다.

"따로 건드릴 필요도 없어. 그냥 그대로 이식하면 끝."

"잊은 건 아니죠? 누나도 거기 있다는 거."

수리 누나가 한순간에 귀신의 아우라를 풍기고는 언급하는 것조차 싫다는 듯 손을 휘휘 내저었다. 그리고 폰으로 뭔가를 했다. 곧 내 폰이 울렸다. 수리 누나가 보낸 단체 메시지였다. 한마디로 동의하라는 거였다. 그게 그렇게 간단한 문제가 아니건만 금방 답들이 돌아왔다. 노아 누나는 'ㅇ', 건이 형은 촬영 중인지 웬 한복을 입고서 오케이 사인을 하는 셀카를, 하랑 누나는 노아 성의 7집 앨범 수록곡 중 하나를 보냈다.

"어쩌라는 거야. 이거, 오케이야?"

나는 고개를 끄덕였다.

"너는?"

나는 고개를 끄덕였다. 그것으로 또 다른 타이틀이 생겨

난 것이었다. 사이버 유령 중 1인으로.

학당과는 이야기가 잘돼서 문제없이 권리가 이전되었다. 나지율 개발자는 오프라인으로의 확장 가능성에 전율했다고 한다. 가상현실 학교를 만든 사람이 왜 전율했을까. 일종의 향수가 아닐까, 나로서는 짐작만 해볼 뿐이다.

하지만 아주 터무니없는 짐작인 것만은 아닌 게, 이러한 계획을 알고 엄마는 이상하리만큼 들떠서 자신이 처음 광화문 광장에 나가 촛불을 들었던 이야기를 쉴 새 없이 늘어놓았다. 우리가 그 게임을 만든 취지를 누구보다 잘 아는 엄마는 그것을 더할 나위 없이 완벽한 외침으로 받아들였던 것이다.

거기에, 학당 때문에 나지율 개발자 못지않게 골머리를 썩이던 정부까지 발 벗고 나섰다면 더 얘기할 거리가 없을 것이다. 이 모든 것을 제삼자의 입장에서 지켜보면서 나는 오히려 무덤덤했는데, 아마 이전과는 달리 스케일이 너무 커져서 와닿지 않은 게 아니었을까.

*

그렇게 광화문 광장의 증강현실 장치에 맞춰 이식한 게임이 처음으로 시연되던 날, 학당에서는 숙련된 플레이어 일부를 차출해 자원봉사자(여기 내포된 모순을 굳이 지적하진 않겠다)로 내보냈고 거기에는 물론 나도 포함돼 있었다.

뭔가 다양한 방식으로 홍보된 새로운 한국형 게임을 구경하기 위해 시민들이 광장을 에워싼 가운데, 첼리스트 노아 성이 오프닝을 꾸며주었다(일부에서는 노아 성의 출신을 문제 삼았다는데 정말이지 처음부터 끝까지 완벽했다).

그리고 게임 제작자로서 수리 누나의 상반신이 이순신 장군 동상 위에 걸렸다. 나로서는 다소 의외였는데, 나지율 개발자를 따라 하듯 딱딱하게 게임에 관해 이야기하는 수리 누나는 내가 본 중에 가장 자신감 넘치는 모습이어서 보기 좋았다.

"이상한 것들의 숲에 오신 것을 환영합니다. 오늘은 또 다른 시작입니다. 무엇을 시작할까요. 여러분께 달렸습니다. 어서 여러분의 시작을 보여주세요. 게임을 시작합니다."

특수 고글을 통해 게임 배경이 펼쳐졌다. 전체적으로 푸른빛 색조로 물든 광장 곳곳에 우리가 직접 만든 장식들이 놓여 있었다. 그리고 문장 하나가 떴다.

'지금, 여기, 우리.'

어디선가 오리 같은 목소리가 외쳤다.

"지금, 여기, 우리! 지금, 여기, 우리!"

또 다른 목소리가 하나둘 하모니를 쌓아갔다.

"지금, 여기, 우리!"

나는 '수인'이었다. 수인에게 주어진 목적은 정령들을 찾아 존재를 부정함으로써 수인의 수를 늘리는 것이었다. 그러나 수인은 또한 정령의 정화 대상이었기에 조심해야 했다. 나는 숲속을 뛰어다니며 정령으로부터 모습을 숨겼다.

오랜만에 다시 플레이하니 다시금 스릴이 엄습했다. 아니, 두려움이라고 해야 할까. 나의 존재를 알리지 못하고 그냥 사라져버릴까 봐. 이런 마음이 모두에게 전해지길 바라며 나는 내 옆을 지나가던 정령 앞에 가 정령의 눈을 보고 한쪽 팔을 앞으로 뻗어 딱밤을 날리듯 가운뎃손가락을 빠르게 세 번 튕겼다. 그것은 '안 돼'를 뜻하는 수어를 활용한 공격법으로, 처음 그 수어를 알려주었을 때 수리 선배가 특히 좋아했었다.

"야, 딱이다! 이걸로 가. 아 씨, 수어 만든 사람, 여기 딱 총 있는 거 어떻게 알았지?"

시민 참여자를 만난 게 그나마 다행이었다. 아직 게임에 적응하지 못한 시민 정령이 소음이 끊이질 않는 낮인데도 불구하고 목이 터져라 "지금, 여기, 우리!"를 외치다가 내가 한 공격에 당해 그대로 수인이 되어버렸다. 나는 플레이어이기 이전에 자원봉사자로서 시민 참여자에게 게임의 룰을 설명했다. 새로운 공격법을 따라 해보며 시민 참여자는 소곤거렸다.

"이거 공포물이었어요? 좀 무서운데…."

"그래도 하는 수밖에 없어요."

자정 가까이 돼서야 정령 측 최후의 생존자가 승자가 되면서 게임이 끝났다. 하지만 본격적인 이벤트는 그때부터였다. 운이 좋았다고 해야 할지, 첫 번째 판부터 또 다른 '우리'가 출몰했고, 승리 소감을 밝히던 승자가 뭔가를 보고 비명을 내지르는 작은 해프닝이 벌어졌다. 바로 그 승자가 이서준이었다.

소동과는 별개로 참여자들의 반응은 나쁘지 않았는데 거기에 이서준의 유령 목격담이 잡음처럼 더해지자 한순간에 우리의 게임은 '한국적'인 관심을 받게 되었다. 이것이 지금까지 계속되고 있는 광화문 광장 유령 출몰 사건의 모든 것이다. 아, 수리 누나가 알면 날 가만히 안 둘 텐데.

하지만 그저 장난으로 끝나게 둘 수는 없지 않나.

에필로그

이서준은 마치 보이지 않는 뭔가를 응시하듯 허공을 바라보며 앞에 있는 잔에 손을 뻗더니, 입을 축이고는 다시 날 보며 말한다.

"사실 잘 모르겠어요. 처음 그걸 목격하고 나서, 꼭 햇빛을 뚫어져라 쳐다보고 난 다음에 남는 잔상처럼, 그 이미지가 계속해서 머릿속에 떠다니는 것 같았어요. 꿈에서도 나왔는데…."

"꿈에요?"

나는 조금 놀라서 말한다. 나 또한 종종 꿈에서 그들을 보았기 때문이다. 그냥 내가 좀 이상해서 그러는 줄 알았는데….

"네. 근데 꿈에서는 조금 달라요."

"어떻게 다르죠?"

이서준이 다시 멍한 눈빛으로 말한다.

"뭐랄까, 더 선명하다고 해야 하나?"

"투명 필름을 여러 장 쌓은 것처럼요."

"아, 예, 그렇게요! 어, 되게 잘 아신다. 혹시 온시현 님도 보셨어요, 유령?"

나는 고개를 끄덕인다.

"그렇게 선명해진 유령… 아니, 누군가가 제 앞을 지나가요. 스르륵, 진짜 유령처럼. 그게 이상하게 서글퍼 보이는 거예요. 그래서 그런지는 몰라도 꿈속에서 제가 불러요. 그 사람들을. 저기요, 하고요."

"돌아보나요?"

"아니요."

이서준이 꿈에서 막 깨어난 듯 아쉬운 얼굴로 날 보고는 헤 웃는다.

"거기까지예요. 제가 부르면 꿈이 끝나죠. 매번요."

"그 꿈을 자주 꾸시나요?"

"글쎄요. 자주까지는 아니고 잊을 만하면 가끔? 그러고 보니까 이맘때쯤인 것 같기도 하고…."

"혹시 그 사람들이 어떻게 생겼는지 구체적으로 기억나시는 게 있나요?"

"어… 제각각이긴 한데 대체로 키가 작았던 것 같아요. 그러고 보니 애들이었나? 아, 맞다. 헤드셋. 그중 한 명이 엄청나게 커다란 헤드셋 같은 걸 쓰고 있었던 것 같아요. 그래서 불러도 반응이 없었나? 그 헤드셋이… 어디 가만 있어보자…."

팔짱을 끼고 기억을 더듬던 이서준이 갑자기 창밖을 가리킨다.

"딱 저렇게 생겼어요! 저거!"

하랑 누나가 창밖에서 창문에 머리를 기댄 채 서서 이쪽을 노려보고 있다. 나는 시간을 확인하고 놀란다. 벌써 11시가 넘었다. 나는 곧 가겠다고 손짓한다.

"일행이에요?"

"네. 저 누나가 광장 부스에서 맞춤 가상현실 공간을 만드는 작업을 하거든요. 시간 있으면 한번 오세요."

이서준은 시간을 확인하고는 흠칫한다.

"시간이 언제 또 이렇게…. 나중에 꼭 한번 가볼게요. 그런데 인터뷰 끝나려면 멀었어요? 괜찮을 줄 알았는데 아무래도 게임 끝날 때까지 여기 있는 건 좀…."

이서준은 인터뷰를 빠르게 마무리하고 내 인사를 듣는 둥 마는 둥 서둘러 자리에서 일어난다. 나는 이서준을 불러 세우고 말한다.

"그… 제가 개인적으로 조금 아는 사람이 장난을 좋아하거든요. 이스터에그 같은 걸 거예요. 그러니까 무서워하지 않으셔도…."

"무섭지 않아요. 그냥, 조금 쓸쓸해서요."

그렇게 이서준은 카페를 나선다. 그냥, 조금 쓸쓸하다…. 내가 꿈에서 또 다른 '우리'를 보고 나면 느끼는 기분이다. 그렇다면 광장에 머물고 싶지 않은 심정이 이해가 간다.

내가 뒤늦게 카페 밖으로 나가자 하랑 누나가 부루퉁한 얼굴로 다가오는데 목에 건 수첩이 누나의 발걸음에 맞춰 내게 시위하듯 흔들거린다.

"미안. 얘기가 길어졌어."

"약속한 시각보다 23분이나 늦었잖아. 늦었어. 23분. 24분이야, 이젠."

"미안, 미안. 캐러멜 마키아토로 어떻게 용서가 안 될까?"

"안 돼! 내가 앤 줄 알아? 나 이제 스물다섯 살, 너 스물네 살. 철 좀 들어라!"

하지만 누나는 캐러멜 마키아토로 어떻게 용서한 듯하다.

우리는 광장의 끝에 있는 문화예술을 위한 아마추어 부스로 향한다. 가상현실 기술을 이용한 미래의 예술가들이 모여 있는 장소에 하랑 누나의 공간도 있다. 나는 가면서 묻는다.

"누나, 누나도 꿈에서 우릴 봐?"

누나가 빨대를 문 채로 날 쳐다보는데, 그때 어디선가

외침이 들린다.

"지금, 여기, 우리!"

그러자 누나가 그 말을 따라 하고는 덧붙인다.

"천국 가면 할머니 친구. 안 돼. 그러는 거 아니야."

해석하기엔 다소 높은 난이도에 웃다가 내가 조심스럽게 말한다.

"할머니 보고 싶지 않아?"

"보고 있어."

누나가 머리를 톡톡 두드린다. 초등학교 졸업식 때 노아 선배와 헤어지고 나서 그랬듯 하랑 누나는 언제나 과거를 현재처럼 느끼고 생각한다. 그것이 좋은 건지 아닌 건지는 모르겠지만, 적어도 한 가지는 분명하다. 누나에게 현재는 미래에도 현재일 것이다. 그렇게 중요한 현재를 최대한 좋게 해주고 싶다. 나는 가방에서 새로 구한 노아 성의 굿즈를 꺼내 보인다.

"이게 뭘까요!"

하랑 누나가 마치 기다렸다는 듯 답한다.

"노아 성 데뷔 20주년 기념 한정판 굿즈로 노아 성이 어렸을 때부터 써온 첼로의 나무를 깎아서 만든 미니어처 첼로지, 뭐긴 뭐지?"

나는 낭떠러지를 마주한 듯한 기분에 빠져 외친다.

"설마! 이거 구하는 게 얼마나 어려운데!"

"네 손에 있는 걸 보니 꼭 그렇지만은 않다."

"뭐, 김 새기는 하지만, 그럼 내가 가져야…."

누나가 미니어처 첼로를 낚아채 간다.

"뭐야, 가지고 있는 거 아니야?"

"가지고 있지."

"그럼 나 줘. 나도 갖고 싶었던 거라고."

"안 돼! 줬다 뺏는 거 아니다, 이 어린놈아. 내 건 전시용, 네 건 소장용. 둘 다 내 거."

"그런 게 어디… 잠깐만, 누나. 누나?"

누나가 귀덮개를 손으로 덮고 달려나간다. 나도 따라서 달린다. 흰색 부스를 하나둘 지나쳐 누나가 들어가는 부스 안으로 따라 들어간다. 나는 하랑 누나를 부르며 칭얼대다 부스 내부의 모습을 보고 멈칫한다. 숲이다. 나는 누나와 처음 갔던 노아 성의 콘서트를 떠올리고 전율에 몸을 떨며 부스 안을, 숲을 둘러본다. 누나가 다가오더니 내 머리에 고글을 씌운다.

"손님, 자리에 앉아야 합니다."

그러고는 나를 내리눌러 어딘가에 앉힌다. 나는 어둠 속에서 누나의 목소리에 의지해 호흡을 가다듬는다.

"손님, 떠오르는 걸 말해야 합니다."

나는 웃는다.

"합니다는 뭐야."

그러자 누나가 내 뒤통수를 친다.

"손님, 웃지 말아야 합니다. 떠오르는 걸 말해야 합니다. 생각해야 합니다. 만들어야 합니다."

나는 미소를 거두고 생각한다. 그리고 말한다.

"첼로 소리."

"손님, 계속해야 합니다. 멈추지 말아야 합니다. 만들어야 합니다."

"그거 컨셉이야?"

다시 손이 날아온다.

"알았어, 알았어. 음… 나무… 숲… 초록… 음악… 하모니…."

내가 단어를 하나씩 말할 때마다 보이지 않는 손이 어둠을 장식해 간다. 그렇게 어둠은 서서히 바뀐다. 녹색의 물결로. 파랑과 노랑이 화음처럼 물결 위에 얹어지고 그 속에서 나는 마치 바람처럼, 흘러가는 듯한 인상을 받는다. 떠다니는 듯하다. 나도 모르게 몸을 누이려고 하자 손길이 날 일으켜 세운다.

"손님, 잠들지 말아야 합니다."

"만들어야 합니다?"

"다 만들었습니다. 손님, 비용을 지불해야 합니다."

"뭐야, 이게? 끝이야?"

내가 웃으며 말하자 누나가 엄숙하게 답한다.

"손님의 세상입니다. 소리와 색깔이 어우러진 세상입니다."

"뭐야, 그게…."

나는 북받치는 감정을 억누르고 겨우 말한다. 누나는 알고 있다. 나의 세상을. 그리고 이해하고 있다. 나도 누나의 세상을 알고 싶다. 이해하고 싶다. 쉽진 않더라도, 불가능하지는 않을 것이다.

그때, 부스 바깥에서 비명 소리가 들려온다. 게임이 끝난 것이다. 그리고 '우리'가 나타났다.

"누나!"

"가자, 가자!"

우리는 특수 고글을 각각 손에 쥐고 광장 중앙으로 달린다. 얼마 안 가 사람들이 특히나 더 몰려 있는 곳이 보인다. 우리는 얼른 고글을 착용하고 게임 속 숲으로 들어간다. 한 수인 플레이어가 사람들에게 둘러싸인 채 뭔가에 홀린 듯 외치고 있다.

"봤어요! 유령을 봤다고요!"

마치 그것이 '유령'이라는 이름의 보물이라도 되는 양 흥분된 외침을 따라 사람들이 고개를 돌려보지만 아무도 그것을 보지 못한다. 그것은 오직 처음 발견한 사람에게만 보이게 되어 있다. 그래서 사람들은 잊지 않고 기억한다. 길거리에서 무수히 지나치는 사람들과 달리, 자기 말고는 아무도 보지 못하는 유령은 잊을 수가 없다. 그 특수하고 특별한 만남을 다행히 사람들은 좋아하는 듯하다.

유령 목격이라는 이 유행이 언제까지 지속될지는 알 수 없지만 지속되는 동안은 되도록 신나는 이벤트가 되길, 그러나 거기에서 머물지 않고 사람들이 돌아보게 하는 이벤트가 되길 바라며 나는 폰을 꺼내 들고 인터뷰를 요청한다. 그리고 묻는다.

"유령을 목격했다고 하셨는데, 그것이 유령이라고 정말로 확신하시나요?"

한창 흥분해서 자신이 본 것에 관해 이야기하던 플레이어는 내 질문에 잠시 당황한다. 그러다 내 뒤에 서 있던 하랑 누나를 보고 소리친다. 유령이다, 하고. 그러자 사람들이 야유하고는 돌아서서 가버리고, 플레이어는 그제야 하랑 누나가 유령이 아님을 확인하고 머쓱해 한다. 자신이 본 것에 회의를 품는다. 나는 다시 묻는다.

"그것이 유령이라고 정말로 확신하시나요?"

플레이어는 하랑 누나를 힐끔 보고는 말한다.

"유령이 아니면 뭐죠?"

"왜 유령이어야 하죠?"

내가 되묻자 플레이어는 살짝 짜증을 내며 고글을 벗고 가버린다. 그렇게 라이브 방송은 허무하게 끝이 난다. 하랑 누나가 내 꼴을 보고 고글을 벗으며 킥킥댄다. 나는 그저 어깨를 으쓱해 보인다. 누나가 내 팔을 잡아끈다.

"가자, 가자. 부스 정리해야 해."

누나를 따라 푸른빛 숲속을 가로지르는데 눈가로 무언가가 스쳐 지나가는 듯해 돌아보고 나도 모르게 "누나." 하고 부른다. 하랑 누나, 지금 나한테서 돈을 뜯어내려는 사람 말고 열다섯 살의 하랑 누나가 귀덮개를 쓴 채 나한테서 멀어져가다 이내 사라진다. 그리고 그 옆으로 보이는 나. 과거의 나. 작은 나. 손으로 말하는 나. 뭔가가 마음을 쿵 짓누른다.

이럴 리가 없는데. 나는 게임의 승자는커녕 게임에 참여하지도 않았다. 그런데 어떻게? 수리 누나가 했던 말이 뇌리를 스친다. 누나는 게임 속 '우리'가 우리 같은 사람한테 찾아가줄 거라고 했다.

그동안 승자들에게 '우리'가 나타난 건 그들이 승자여서가 아니었다. 그들이 혼자가 돼 외로웠기 때문이다. 우리처럼. 그렇다면 지금 난 외로운 건가?

주변을 둘러보니 고글을 쓰고 게임에 접속한 사람은 나뿐이다. 나는 괜히 허탈해져서 어깨를 떨구고 웃는다. 그래, 수리 누나 말마따나 이것은 단순한 이스터에그에 지나지 않을지도 모른다. 하지만… 그래도 누군가한텐 가닿는 외침이 되기를 나는 바란다.

지금, 여기, 우리가 있다는 외침이.

누나가 "안 돼!" 하더니 날 돌아보고 금방이라도 불호령을 내릴 것처럼 엄숙하게 덧붙인다.

"손님, 비용을 지불해야 합니다."

물론 지불할 것이다.

〈끝〉

작품 해설

한국 최초의 장편 SF《완전사회》를 쓴 문윤성 작가를 기리는 '문윤성 SF 문학상' 공모전, 그 첫 회에 무려 100편이 넘는 장편 소설이 투고되었다. 특정한 경향성을 이야기하기 힘들 정도로 다채로운 작품이 접수되었고, 특히 본심에 오른 작품들은 각각의 개성과 다양성이 두드러졌다. 심사위원들이 본심에 올린 작품들을 살피면서 가장 중요하게 보았던 것은 이 작품들이 동시대의 독자들에게 얼마나 가까이 다가갈 수 있는가, 기술적으로 완성도가 있고 서사가 잘 짜였는가, 그리고 이 소설이 말하고자 하는 바가 우리가 지금 이 시대에 나눌 만한 의미 있는 이야기인가 하는 것이었다. 현대 SF가 다루는 이야기는 소재와 서사, 주제 등

그 범위가 놀라울 정도로 확장되어가는 추세다. 따라서 작품을 폭넓은 의미에서 SF로 읽을 수 있다면 이 작품이 '더' 장르적인지를 판별하기보다는 작품이 지닌 이야기로서의 매력을 중점적으로 살폈다.

본심작들은 각각 고유한 개성을 가진 좋은 작품들이었지만, 대상작으로 선정하기에는 한두 가지의 치명적인 단점이 눈에 띄어 다소 아쉬움이 남았다. 그러나 심사위원 모두가 "아, 이 작품은 당선이 되어도 정말 아쉬움 없이 좋겠다." 하고 동의하는 작품이 있었는데, 그 작품이 바로《슈뢰딩거의 아이들》이다.

✴

《슈뢰딩거의 아이들》은 '학당'이라는 가상현실 교육 시스템을 배경으로 펼쳐지는 10대 인물들의 성장 이야기를 다룬 경쾌한 소설이다. 이 소설의 재미를 짧은 한두 줄로 소개하기는 어려운데, 그것은 이 소설의 특징이 언뜻 흔해 보이는 소재와 배경 설정을 채택하면서 동시에 독자의 이 설정에 대한 기대, 혹은 편견을 깨뜨리는 방식으로 이야기를 끌고 나가는 것이기 때문이다. 사실 작품의 초반부를 읽기 시작했을 때는 큰 기대를 하지 않았다. 게임, 가상현실, 학원물, 미스터리한 사건을 다루는 동아리 등은 서브컬처에서 이미 흔히 다루어져 온, 인기 있는 클리셰이기 때문에 과연 그것을 넘어서는 이야기를 보여줄 수 있을지 의구심을 품으며 읽어나갔다. 그러나 그 의구심은 초반부를 지나며 금세 사라지고 말았다. 《슈뢰딩거의 아이들》은 보편적인 소재들을 새롭게 조합하여, 기존 이야기들에서 좀처럼 다루어지지 않았던 인물들을 이야기 중심에 데려오는 방식으로 독자의 기대와 편견을 비껴나간다.

이 작품에서 가장 돋보이는 점은 입체적인 인물 조형이다. 다양한 정체성을 지닌 인물들이 단지 그 정체성만으로 환원되지 않고, 뚜렷한 개성과 매력을 드러내며 살아있는 듯 움직인다. 특히 인물의 장애와 질병이 대상화되거나 낭만화되지 않으면서도, 인물의 삶과 내러티브, 정체성의 일부로 자연스럽게 혼입되어 있다. 근래 다양성을 추구하는 여러 이야기 매체에 남는 아쉬움이 바로 인물의 장애와 질병을 다루는 방식이었는데, 많은 창작자와 함께 읽고 고민하고 싶을 정도로 인상적인 캐릭터 조형이었다. 인물들의 고민과 내적 결핍과 세계와의 갈등을 충분히 섬세하면서도 때로는 과감하게 드러내는 그 방식 덕분에, 이 소설을 읽고 나면 소설 속 인물들의 안부가 궁금해진다. 정말로 한때 노아와 수리 선배와 함께 동아리를 했던 것처럼, 하랑 누나와 아주 가깝게 지냈던 것처럼 생생한 느낌이 남는다. 이야기는 끝나도 이 세계 속의 인물들은 어딘가에서 계속 살아가고 있을 것 같은 그 생동감이, 《슈뢰딩거의 아이들》을 대상작으로 선정하는 데 가장 중요한 역할을 했다.

《슈뢰딩거의 아이들》의 이야기를 따라가다 보면, 어떤 독자는 분명히 아직 실현되지 않은 근미래를 배경으로 한 이 소설의 어떤 부분들이 우리의 현실과 분명하게 겹쳐진다는 점을 느낄 것이다. 이를테면 장애인 통합교육과 탈시설 같은 사안들이 그렇다. 그런데 이 작품의 장점 중 하나는 특정 메시지를 전달하기 위해 소재를 동원하는 대신 이야기 자체의 매력이라는 중심을 지킨다는 점이다. 게임, 가상현실, 학원 미스터리와 같은 장르적 소재들이 개성 있는 인물들과 결합하여 흥미로운 서사를 구성하면서, 동시에 소설 바깥 현실의 가려진 문제들을 드러내는 역할을 한다. 작가가 말하고자 하는 것에 소설이 잡혀먹히는 대신, 그 자체로 잘 짜인 매력적인 이야기가 우리 세계를 비스듬히 비추는 거울처럼 작동하고 있다. 덕분에 이 소설은 소설만이 할 수 있는 방식으로 현실의 문제들을 다룬다. 그 방식은 선명하거나 직설적이지는 않지만, 이야기가 오갈 수 있는 세계의 폭만큼이나 포용적이다.

마지막으로 이 소설의 아름다운 결말을 읽으며 또 한 번 감탄했다. 이 소설은 게임의 승리자들을 가장 외로운 위치에 서게 하고, 그럼으로써 그 외로운 이들이 경험하는 어떤 현상을 증언하게 만드는 장면으로 끝이 난다. 소설의 주제의식이나 메시지를 단지 작가가 말하고 싶은 것에 한정하지 않는, 다양한 해석으로 열어주는 결말이라고 느꼈다. 무엇보다 그 장면에서 느껴지는, 허를 찌르는 듯한 서늘함이 정말 좋았다.

*

《슈뢰딩거의 아이들》을 대상작으로 선정하면서 이 작품이 전하고자 하는 문제의식뿐만 아니라 이 작품의 매력적인 인물들과 아름다운 장면을 독자들과 공유하고 싶다는 생각을 했다. 부디 이 소설이 많은 독자를 만나기를, 작가에게도 이 수상이 다음 작품을 꾸준히 집필해나갈 계기가 되었으면 하는 바람이다. 멋진 동료 작가를 만나게 되어서 기쁘다.

— 김초엽, 소설가

작가의 말

《슈뢰딩거의 아이들》은 어딘가 독특한 면모를 가지고 있는, 그래서 소외감을 느끼거나 실제로 소외된 아이들이 모여 세상에 대고 외치는 이야기를 옮긴 소설이다. 이번 문윤성 SF 문학상 수상을 계기로 나는 이런 생각을 해보게 되었다. 어쩌면 그들의 외침을 전달하는 나 또한 그간 비슷한 외침을 하고 있었던 건 아닐까 하고.

십여 년 전, 장애로 인한 체력적인 문제로 학교를 그만둔 이후, 나는 사실상 세상으로부터 유리된 채 살아왔다. 어느 정도는 스스로의 선택이었고, 다시 그때로 돌아간다 해도 다른 선택을 할 것 같지는 않다. 하지만 그것과는 별개로, 마냥 모른 척할 수만은 없는 무언가가 내 안에서 꿈틀거리고 있었고, 그것이 나로 하여금 글을 쓰게 하고 지금 여기에 나를 있게 한 것일지 모른다.

*

본격적으로 SF를 의식하며 글을 쓰고 책을 읽기 이전부터 나는 마인드업로딩이나 가상 현실 같은 미래 기술에 관심이 있었다. 사람의 뇌 활동을 스캔해 고유의 전기적 패턴을 복제한 전자 의식과 그 새로운 인격체들이 살아 숨 쉬는 전자적 세계는 내게 있어 유토피아 같은 곳이었다. 그 세계를 설계할 누군가가 지나치게 리얼리즘을 추구하지만 않는다면 아마도 그곳에는 신체적 손상으로 인한 사회적 불편함이 존재하지 않을 것이다. 즉, 그곳은 장애가 없는 세계일 것이다.

미국의 한 미래학자는 그러한 세상이 올 때까지 살아남기 위해 매일같이 수백 알의 약을 복용하고 천문학적인 비용을 들여 건강 상태를 확인한다. 그의 의식은, 복제의 완성도는 차치하고, 꽤나 높은 확률로 그 신세계에 입성할 수 있을 것 같다. 그에 반해 나는 매우 높은 확률로 그러지 못할 텐데, 그래서인지 그 신세계의 실루엣이 나에게는 무척이나 매혹적으로 다가오지 싶다.

그 실루엣을 배경으로 막연하지만 분명한 설정 하나를

적어두었던 것이 있다. 가상 현실에서 존재하되 존재하지 않는 존재들에 대한 이야기. 그때는 그냥 떠오르는 대로 슈뢰딩거의 고양이에서 이름을 따와 가제를 붙이고는 또 다른 아이디어가 마치 처음부터 짝이었다는 듯 달라붙기를 기다리며 잊어버렸다. 그러다 막상 튀어나온 나머지 조각의 정체를 마주하고 나는 내심 놀랐다.

그 '아이들'의 정체성이 다름 아닌 장애인이라니. 슈뢰딩거의 아이들이 유령처럼 떠도는 쓸쓸한 존재임은 어느 정도 자연적인, 개연적인 설정이었다. 하지만 이렇게까지 직접적이고 노골적으로 내 앞에 나타나 날 마주하게 되리라고는 생각하지 못했다. 어쩌면 못 한 게 아니라 안 한 것일지도. 아닌 게 아니라 그 나타남이 조금만 일렀어도 나는 못 본 체했을지 모른다. 왜냐하면 당장 거울 속 장애인, 나를, 나는 이제야 겨우 힐끔대기 시작했기 때문이다.

그렇기에 나의 역량을 의심하며 나는 내 앞에 나타난 아이의 말에, 이야기에 귀기울였다. 그리고 옮겨 적었다. 그 아이, 하랑이와의 소통은 당연하게도 쉽지 않았다. 나는 거의 모든 면에서 부족해서 꽤 자주 하랑이의 말을 잘못 알아들었고, 몇 번은 부끄럽지만 하랑이를 배제하기도 했다. 그것을 뒤늦게 깨닫고 실제로 얼굴을 붉히며 나는 사과하는 마음을 시현이를 통해 표현했다. "적절한 사과를 했는지, 사과를 한 것은 맞는지"는 모르겠다. 그걸 내가 평가할 수도 없는 노릇이고. 다만, 몇몇 분들(심사위원)은 그것을 나쁘게 보시지는 않은 것 같아서 한숨 돌릴 따름이다. 나와 하랑이, 그리고 그 밖의 아이들과의 소통이 여러분에게도 나빠 보이지는 않기를 바라본다.

*

'제1회 문윤성 SF 문학상'을 이끌고 내가 합류할 수 있는 지금 여기까지 와주신 전자신문의 김용주 기자님, 나와 아이들의 목소리를 듣고 반응해주신 김초엽 작가님을 비롯한 심사위원님들, 융통성 없고 소통에 서툰 나를 데리고 차분하게 지도해주신 아작 출판사의 최재천 편집장님께 깊은 감사를 드린다. 또한, 이런 부족함 많고 모르는 것투성이인 나를 무턱대고 내맡기고만 그린북 에이전시의 김시형 실장님과 임채원 매니저님께도 앞으로 잘 부탁드린다는 말씀 전하고 싶다.

와 닿지 않을 정도로 커다란 상에, 나의 주변 사람들(가족, 친척)이 너무나 좋아해줘서 감사할 따름이다. 한동안 부모님이 당신들의 지인에게 들은 축하를 내게 전해줬는데, 그것을 들으면서 나는 내가 놓친 또 하나를 뒤늦게 깨닫게 되었다. 부모님의 친구들은 나를 축하하는 동시에 부모님을 축하했다. 그것은 단순히 자식의 경사에 대한 축하가 아닌, 자식의 경사가 가능한 토대를 마련한 부모님의 노고에 대한 응원과 격려였다.

내가 글을 쓰는 일을 가능케 하는 거의 모든 것은 부모님의 지원과 희생이 있었기 때문이고, 사실 그것은 글 쓰는 일에만 국한된 것도 아니다. 혼자서는 정말이지 그 어떤 행동도 불가능한 내가 마침내 무언가를 하고 있다. 그것을 가능케 해준 나의 부모님께 말로 표현할 수 없는 감사의 마음을 표한다.

다른 놓친 것이 없는지 고민하며
최의택

슈뢰딩거의 아이들

초판 1쇄 발행 2021년 7월 20일
초판 2쇄 발행 2022년 11월 20일

지은이 최의택
펴낸이 박은주
편집 최지혜
일러스트 이로우
디자인 김선예, 장혜지
마케팅 박동준

발행처 (주)아작
등록 2015년 9월 9일(제2021-000132호)
주소 04050 서울특별시 마포구 양화로 156 LG팰리스빌딩 1428호
전화 02.324.3945-6 팩스 02.324.3947
이메일 arzaklivres@gmail.com
홈페이지 www.arzak.co.kr

ISBN 979-11-6668-616-0 03810

책 값은 표지 뒤쪽에 있습니다.
잘못 만들어진 책은 구입하신 서점에서 교환해 드립니다.